故乡散记

周继志 著

民主与建设出版社

·北京·

图书在版编目（CIP）数据

故乡散记 / 周继志著.

-- 北京：民主与建设出版社，2021.5

ISBN 978-7-5139-3542-5

Ⅰ. ①故… Ⅱ. ①周… Ⅲ. ①散文集－中国－当代Ⅳ. ①I267

中国版本图书馆CIP数据核字(2021)第085122号

故乡散记
GU XIANG SAN JI

出 版 人　李声笑

作　　者　周继志

责任编辑　刘树民

特邀编辑　彼　铭

封面设计　松下烟人

出版发行　民主与建设出版社有限责任公司

电　　话　(010) 59417747　　59419778

社　　址　北京市海淀区西三环中路10号望海楼E座7层

邮　　编　100142

印　　刷　长沙长大成印刷有限公司

版　　次　2021年6月　第1版

印　　次　2021年6月　第1次印刷

开　　本　710mm×1000mm　　1/16

印　　张　13

字　　数　180千字

书　　号　978-7-5139-3542-5

定　　价　68.00元

序

亲近故乡的方式

《故乡散记》是一部以春节为视角，记述作者故乡风土人情的散文集。一口气读完这部作品集，我很是惊讶：这些年，因为眼病，我很少去读长一点的文章了，可我在读《故乡散记》的时候，却完全忘记了自己的眼疾，越往下读，年味越浓；越往下读，故乡越发清晰。一切都是那么熟悉，仿佛就是自己一直储藏在心底的那些记忆。

"年猪，是每家每户都养来预备过年享用的，一般每家一头，羊也是。当第一声猪叫响起之后，杀猪便成为周家垭最热闹的一件事。"浓浓的年味里，作者还记述了年少时放羊扯猪草的事，这些看似平常的乡村记忆，实质上是一个时代特有的印记。

过年穿新衣是我们儿时最为期盼的事，在接下来

1

的篇章里，作者没有止于年味的回忆，而是由此写到了乡村裁缝，写到了这门曾经风光的手艺，因为时代的变迁而最终没落。还有记忆中的代销店、医疗室、铁匠铺、碾米房、油榨房，以及公社、大队礼堂……它们随时代的变迁而逐步淡出人们的视野，但却从未走出作者的记忆。

作者在失落的追忆中，试图还原那个渐行渐远的故乡，"车过涔河时，我的眼前幻化的是这样一幅场景：一道清亮的河水在前方远远地流过，两边是大片的布满卵石的河滩，河中间，是用大一些的鹅卵石搭成的路墩，行人过河，就踩着这些路墩过来过去。这里河滩干净，可以席地而坐，还可以掬起一捧水洗把脸，是人们来来往往歇脚的好地方。"

这就是作者笔下的故乡。

故乡是一个人的根，永远斩不断的根，无论走到哪里，都和故乡有着血脉相连的联系。

"爷爷在我的记忆中，是一件黑色的棉大衣和一个高高大大的黑影，以及他种在屋西头的一窝峨眉豆。"百年之后的祖辈，也是作者每年清明放不下的牵挂。

一个人成长的过程中，故乡的山水草木，花鸟生灵，凡是在不经意间温暖过心灵的画面，触动过心灵的镜头，留下过的有趣快乐的片断，都是生命成长的节点。随着时光的流逝，故乡承载着浓浓的乡愁，那个日出山脊，月落树梢的山村，山村里青砖小瓦的老屋，老屋连着田地，田地连着山野，山野连着云朵，那是永远也忘不了的家园。屋后的老树翠竹，屋前的池塘荷叶，小路上蹒跚的鹅鸭……悠闲祥和的乡村，给人踏实安逸的感觉，无论走出多远，它永远萦绕在梦乡。

故乡是一条小河，装满了儿时的欢乐，故乡是一垄土地，播种了少年的希望；故乡是思想飞翔的源头，故乡是岁月轮回的隧道，故乡处处都是温馨的回忆，铭刻在心灵深处……

故乡是一轮皎洁的明月，透过树梢倾洒在门前的小路上，"床前明月光，疑是地上霜。""春风又绿江南岸，明月何时照我还。""但愿人长久，千里共婵娟。"明月是诗人的乡愁。"三十功名尘与土，八千里路云和月。"故乡也是热血男儿立志报国的信仰，"待从头，收拾旧山河，朝天阙。"

故乡，是盘根错节的亲情所在，是挥洒自如的乡音渊源，更是一幅无须雕琢的自然画卷。

尤其是人到中年，离开故土之后，故乡总会在脑海里有意无意间想起，让人牵肠挂肚，让人莫名感怀。

作者通过挖掘故乡历史人文、回忆家族家风、记述童年趣事……以细腻的笔触，朴素的语言，娓娓道来，描绘了湘西北山村一幅幅特色鲜明的画卷，从不同角度，反映了溇水流域的历史文化，展现了新时代的乡村风貌。一个个人物在作者的笔下鲜活起来，似曾相识，不曾远离；故乡静态的景观，变化的风貌，也在作者的笔下亮丽起来；更有作者对故乡人物命运的感怀和对时代的思考。作者秉持一种迫不及待的使命感，对故乡进行了全方位的记忆打捞，借对故乡的记述，呼唤整个中国乡村优良传统文化的回归。

叶落归根，故乡是我们所有人不舍的情结，是走出多远都不能忘却的精神家园，它是灵魂休憩的地方。

秋风萧萧，落叶归根，根是什么？根是生命的原乡，是流淌在血脉里的故乡。故乡是根，是每一个生命尽头时，灵魂故地重游的地方。

人一生能够复制的记忆并不多，很多路过的风景，只能保留一杯茶的时光，能够留住的一定是些铭刻于心的东西。这些无法清零的记忆，最牵动人心的，就是故乡。因为故乡传承着家族的兴旺，承载着祖辈的沧桑，是根植在血脉里忘不了的念想。

故乡于作者，是刻骨铭心的，在他的记忆硬盘里，他吃着山村的红薯饭，喝着山里的泉水，呼吸着清新的空气长大。山村里有他儿时的向往和回不去的年华，故乡的时光是最纯净的，故乡的石板路，山外的供销社，山路上的货郎担，儿时眼中的精彩世界……作者用记忆把它临摹成一幅画，这幅画是永恒的，同龄人读来如身临其境，唤醒了久远的记忆，重拾忘却的乐趣。

即便是写远离故土的他乡，在作者的文字里，仍能寻到故乡的味道。城市的高楼和繁华，无法挽留母亲叶落归根的心思，无法阻挡佳节归乡的脚步。故乡的青山碧水，春天的油菜花，夏天的水蜜桃，深秋的苹果柚，隆冬柴火熏黄的腊肉……故乡的诱惑总能勾起回乡的念头。

作者离开故乡已经有三十多年的光景。三十年的时光，没有冲淡故乡的印记，反而越来越清晰，如一坛陈年老酒，慢慢品味，竟香韵悠长，沁人心脾。

作者文字带着山村的清新，透着山村的朴实，不紧不慢，如行云流水，就像一个老乡拉家常，散而不乱，情趣横生。

透过这些质朴的文字，能看出作者知识结构非常全面，特别是在建筑、宗教、生态以及历史地理等方面的描述，让人受益匪浅。

最能触动读者的是，作者把淡淡的乡愁放置在春节这样一个特定的背景下，于是喜庆、回味、感怀……各种情感纷至沓来，可谓五味杂陈，百感交集。因为春节与故乡，是当下很多中国人一个共同的"痛点"——我们只有在春节里才能回到故乡，也只有在故乡里才能品味出记忆里春节的味道。

故乡和春节已经离我们越来越远……我们都是故乡的游子。一个游子，亲近故乡的最好方式，不是回到故乡，就是在记忆里守护故乡……

许申高

2019/3/21

故乡散记

自 序

在记忆里回到故乡

春节写点文章，不是矫情，是觉得一年下来，写不出几篇文章，实在对不起少年理想。想想小时候，没事可写，不晓得怎么写，却趴在我们家破烂不堪的一张火桌上写个不停。我是容易感伤的人，想到这些，一股莫名的忧伤就悄悄地爬上脸庞，弄得我的面颊像蘸了辣椒水似的，不是很舒服。

关于脸颊的这种感觉，是很多年前的某一天早上出现的。我一度为此惊慌失措，想治好，吃过很多的维生素片剂，还有什么能量补充剂。我很怀疑我的肥胖症是那些能量补充剂作恶的结果，因为正是在那一段吃能量补充剂的日子我的体型开始向着臃肿改变的。

后来我不吃那些东西了。并不是那种不适感被治好了，而是我相信了另一种说法，即我的这种感觉是神经质症的躯体化反应，用不着治疗。想想也真是，我们看恐怖片，一般人都会头皮发麻，这种头发发麻其实就是恐怖心理通过躯体表现所呈现出来的，是对恐怖的躯体化反应。不同的人遭受反应的程度不一样，但一般人谁会因为看到恐怖场景出现头皮发麻而去吃药的呢？所以，我那个早晨本来偶然的一种感觉本来是不应该吃药的，但我居然坚持吃了整整一年的药。坚持的结果是，药吃了一箩筐，那种感觉仍是挥之不去。

其实，倘使脸颊出现不适感之初，遇到某个高人，或许我就用不着饱尝吃药之苦了；也许那种不适感也不会固化下来，成为我经年的朋友。

脸颊的不适感与我的情绪状态息息相关，这个我是知道的。情绪不好，我不会直接感到情绪不好，而是脸颊极度地不舒服；意识到脸颊不舒服时，即使自我感觉良好，但我知道，那个叫忧伤的精灵已经潜伏在我的躯壳内了，我要好生安顿它了。

这几天，公司一位同事说起她母亲的抑郁症，我向她坦诚我曾经有过严重的抑郁症，即使是此刻，当我向她叙述我的抑郁症时，抑郁症也并未离去，但它不会成为我的负累。我很难将我对抑郁症的观点向她讲清，她也不相信我的抑郁症经历。她说，你那算什么抑郁症呢？我母亲可是要死要活的，这两天不是告诉我银行卡在哪里，就是交代今后她住的房子怎么处理，好像在交代后事一样。

这当然是抑郁症在作祟。面对这样的人群，不知道专业的心理咨询师会给什么建议，我的建议是：去找陈微老师吧，她是很优秀的心理咨询师，对你母亲的康复一定会大有帮助。

陈微老师是广州一名心理咨询师，我没有正经地做过她的咨客，但参加过她举办的个体成长地面课程。那是我人生的一个分水岭。在参加她的地面课程之前，我一直在与抑郁、焦虑、恐怖等等心理现象做斗争；参加完这一期课程之后，我就能与这些东西和睦共处了。我不再为情绪问题而苦恼，不再惧怕抑郁症、焦虑症。我也尽我所能帮助一些诸如失眠、情绪不振的人，但面对真正的抑郁症患者，我是不敢随便指指点点的，我会求助于陈微老师。她也给我面子，我介绍过去的人，她都会认真处理。

我将陈微老师的电话给了同事并与陈老师做了预约。不知道她联系过陈老师没有，她母亲正在吃抗抑郁症的药物，也应该在当地有心理医生介入，但愿老人家能在一觉醒来之后豁然开朗，千万别做出自毁生命的傻事来。

忽然想起前不久一个同乡的求助。我和她是作家章红老师"夏日读书会"的听友，同在一个微信群，已经好几年了。一日她以十分焦急的口吻微信我要与我通电话，正好我在食堂吃饭，那地方信号不好，我就让她在微信里说。她就用语音告诉我，她一连几天失眠，感觉人就要崩溃了，知道我有过抑郁症的经历，希望我能帮帮她。我给了她一个我整理的公式，告诉她通常失眠都是害怕失眠引起的，消除对于失眠的害怕心理，她就不会失眠了。七天之后，她发来微信，说是我给她的公式很管用，公式虽然只有一句话，但表达的意思就是不要害怕失眠，目的是解除她对失眠的害怕心理。她每天都按公式默念很多遍，终于恢复到可以自然入眠的状态，相信自己再也不会失眠了，并表达了对我的谢意。这样的结果，我很喜悦。但她"相信自己再也不会失眠了"这句话，还是透露出她其实还是很害怕失眠的，于是提醒她要接纳失眠的存在，并且通过这次体验，逐渐将接纳应用到日常生活之中，于她才是有福了。不知道她对于接纳会理解到哪种层次，但她体验到不害怕失眠就不会失眠这个事实，对她已经是很有帮助了。

接纳与观照、放下与放弃，看起来都是些简单的字眼，很多心理咨询师也在指导病人应用，但在心理咨询实践中，隔靴搔痒的情况很多，一个说你要接纳，一个说我知道要接纳啊，可是我怎么接纳呢？起初我也是被人教导要接纳的，但真正体验到什么是接纳，是在参加过陈微老师的地面课程之后，是在日后很多次地自我揣摩之后。我也随身带着荣格的《潜意识与心灵成长》这本书，没事的时候会翻几页，不时与自己的潜意识对话，尤其是自觉焦虑袭来的时候，我就用这本书慰藉自己。或许，这是一种强迫行为。哪一天，我找不到这本书了，而我内心里不会泛起焦虑，可能才是我真正地走出了心理困扰对我的束缚。

工作时间基本上不写与文学作品相关的东西，这是我多年的习惯了。临近春节，忽然想写点东西，也是习惯使然。潜意识的驱动力是如此强大，令我不得不对它俯首称臣。唉，我要是抗拒，脸颊就会不断地一阵阵发烫，这是我的幸运呢还是我的悲哀？

回到写作的话题上。故乡是我写作的主要对象。对于一个多年远离故乡的游子来说，故乡是难于忘怀的，我记得故乡很多人、很多事；但是，不幸的是，一个人一旦远离故乡，他就只能在记忆里回到故乡了。世界上的任何事物，都是经不起离别的。你不在的时候，故乡发生了什么，你又发生了什么，这些都构成了你与故乡的隔膜，这是没办法的事。但是，你记忆里的故乡永远是不会变的，它过去在那里，现在还在那里，今后仍然会在那里。

我曾经出版过两本书，一本《回望故乡》，一本《故乡的异乡人》，都是散文集。之后，又断断续续地写过一些，本来是想出书的，一直计划着，但一直又懒得整理，结果，拖到现在，那些文章，还散落在新浪、网易、QQ空间、微信朋友圈等一些网络平台上，看来，有了想法，尽早实施，还有很有必要的，因此，当我想写一点关于春节的文章时，我就意识到必须逼迫自己一下，行动起来，不要老是把计划搁在那里。写成之后，直接出一本书。

这次的写作，有个大致的想法，写一写记忆里过年的事。春节是中国人一个重要的节日，临近春节，人心也就开始向往春节。围绕老家（故乡）和春节这两个关键词来写，是我模糊的想法。我的散文观是，尽可能做一个事实的讲述者，不虚构，不无病呻吟，因此，我的散文多以叙事为主。

　　立下了写作决心，明确了写作方向，我给将要写的文字取了一个总的书名，叫《故乡散记》，最终用什么做书名，写完后再定，即便没有更好的选择，《故乡散记》也是可以作为书名来用的吧。

故乡散记

目录

故 乡

湘西北鄂西南交接的地带，群山绵延，是洞庭湖平原向西部山地隆起的过渡地带。山高，多溪流。平地多由溪流冲积而成。这样的地方，气候上就有一些特别之处，四季分明，冬天必下雪，春秋两季则阴雨绵绵，夏季呢，就热得要死。遇到旱季，人畜喝的水都成问题。但夏天有一点好，昼夜温差大，一般转钟之后，气温就会降下来，因此，夏天的夜晚，人们多在门前摆一张竹床，摇摇蒲扇，待室内温度降下去后，再进屋睡觉。

故乡，从地理位置上，地形地貌上，气候特点上，大致如此。

地处湘鄂两省交界，行政划分上，属于湖南，口音则完全没有湘方言的特征。因为这个缘故，混迹省外时，往往被人以为是假冒的湖南人。乡音，直，平，属于西南官话体系，但没有湖北话的高腔、四川话的做势，仔细分辨，还是有一些特点的，尤其是乡人说起普通话来，惊人一致，平、直的特点更加明显，发音比较规范，听起来却又少了些轻柔。

一个人，在他出生的那一块土地上，若是不曾离开，是没有所谓故乡一说的。所以，我在中学毕业前，故乡这种说法跟我没有关系。当然写过"我的家乡"之类的作文，所写就是意识里一个叫周家垭的地方。对，周家垭，这是我的出生地。后来，我离开了，它就被我认定为我的故乡了。

但故乡不应该就是我认定的这么小的一个旮旯。我不知道故乡究竟应该怎么划分，我想，在我小时候浪迹过的地域，比如我走过亲戚的地方，周边的一些村落尤其是周边的几个集市，我读中学的地方，应该是要算作故乡的。为什么会这么划分呢？这可能与我内心深处有个小时候和长大了的分界有关，也可能在我心中就一直有那么一块地方，它没有明显的界线，但我知道它在哪里。故乡，对于我，就是这么不是很明晰其实又指代十分明确的一个所在。

我内心深处的故乡，中心点还是周家垭。以此为圆心，周边的几个乡镇，我也认为和我有着某种地缘上的连接，我不想将它们排斥在故乡之外。比如，火连坡，这是我外婆家所在地；比如甘溪滩，是父亲工作的地方，我的中学时代，基本上就是在这里度过；比如方石坪，是分管周家垭的直接行政机关所在地，那里的供销社、卫生院、粮店，每一处都与我们的生活有过最直接的关联；比如洞市，有一个著名的骨科医生，我弟弟的胳膊摔折后，是在那里接上的，还有，我姨妈就住在那里；比如闸口，是我姑妈居住的地方，周家垭一度还归属过闸口；比如王家厂，说起来很遥远，可是我们站在家门口的山尖上，就望得见那里有一座巨大的水库。我从来不觉老家的县城与故乡有什么牵连。这与我十五岁才第一次进到县城有关。那时候，进一次县城是多么难的事情。因其难，县城与我始终就存有隔膜，始终就有一种打不开的心结。即使我走过了世界上很多地方，即使我坐在北京城里遥想澧县，那座县城，还是谜一样的所在。

前些年，撤镇并乡，作为乡镇一级的行政机构，撤并过一些，一时间引发过我对地域名称与个人情感之间的思考。如果说一方山水养一方人的"一方"，除了行政区划的功能外，还有一些不应该忽略的因素存在的话，那就是个体与这个一方之间因为时间而形成的一种定势，其他的也没有什么。乡土有一定的延展性，而在巴掌大一块土地上，大家通婚、同学、同事，本来多有交集，而乡俗也很接近，分分合合，一时间的不习惯而已。

乡土的延展性是乡土社会存在的根基，故乡并不等同于乡土社会，但与乡土社会唇齿相依，于是，故乡便因为乡土的这种延展性而变得不容易界定。父母曾经跟随我们离别故乡，后来又迫切地要回乡下生活。当初，他们离开时，我们家在周家垭的房子卖给邻居了，再回去时，没有现成的房子可住。他们就傍着我舅舅家盖了个房子，所以，现在回到故乡去，都是住在这座房子里。这是一个我常常称之为外婆家的地方，地名叫长茅岭。小时候当然常常去外婆家住，但要将长茅岭认同为故乡，又似乎不大能接受。这让我很为难，一度甚至让我无法明了故乡的真正含义。后来想明白了，故乡其实范围是很小的，它并没有你想象的那么大。它最恰切的定义，可能还是仅仅是一个村庄，或者一座屋场，甚至是一座房屋。总之，范围越小，故乡越是故乡。

那么，我的故乡就只能是周家垭了，可是，说真话，与周家垭毗邻的一些地方，我又怎么可以不当它们是故乡呢？幸而我们老家有个"叔伯"概念，可以供我一用。所谓叔伯，即是称那些隔了一层的血缘关系时，就在前面加个"叔伯"一词，这样一加，亲疏关系就很分明了。我真是为想到"叔伯"这个词而兴奋，似乎这样一来，我所有的关于故乡的认知便完整地表达出来了：周家垭是我的亲故乡，毗邻周家垭的那些地方，至少是叔伯故乡吧。

故乡散记

老父老母和老家

一

姐姐说，她买31号的机票飞武汉，然后和我一道回老家过春节。按说，她也是当外婆的人了，春节出行，只因老父老母住在老家，怎么着也要陪老人吃个团年饭。中途在武汉停留，则表示对我新到一地的挂念。其实，我是劝她不必非要回老家过春节的。她原本也没有回老家过春节的打算。大约一个星期前，母亲和她微信视频，只是问她："回不回来过年的呀？"她没迟疑，就答应了母亲。那天，母亲也和我视频，没问我回不回老家过春节的事，反而劝我在北京过春节，因为她已经知道我老婆要在北京过春节了，她怕我为难。我知道，我不可能不在老家过春节。我老婆也是想到我们老家过年的，但她右腿有点问题，怕受寒，只好不回去。人到中年，面面俱到已不现实。所以，姐姐选择要回老家过春节，我也只是象征性地劝劝而已。她有不回的理由，但有老人在，将就老人，恐怕是每一个做儿女的选择。

然而，对于姐姐的女儿，姐姐是不是老人呢？如果依次类推，外甥女就应该陪着姐姐去和姥姥过年。可是，外甥女的宝宝才几个月，千里迢迢回老家住几天，又怕小家伙路上吃苦。于是，姐姐就安排外甥女到婆家去，也算是符合中国人以男方为中心做安排的传统而解决了春节谁陪谁的问题。姐姐的婆婆那边，当然是姐夫去陪了。姐姐称这个安排，叫做"各回各家，各管各妈"。

姐姐之所以这么安排，与母亲的那个视频关系重大，更因为平日里就只是两个高龄的老人住在老家，我、姐姐、弟弟都不在他们身边，春节的这一次团圆，便成为我们姐弟仨对老人的一种补偿了。

父母亲在北京居住时，春节我们就省心得多。那时候，我们一般在春节这天和父母一起吃个饭，然后该旅游的去旅游，愿意陪父母的陪父母。2015年，父母亲执意要回老家居住，从此，每逢节假日，我们的种种安排就只有一个首选项了：回老家陪父母。

二

父母住在湖南湖北交界的火连坡镇楠木村。它离宜昌90多公里，从北京飞宜昌，然后坐两个小时的汽车就可以到了。

楠木村其实不是我们传统意义上的老家，顶多算母亲的老家。父亲原是甘溪滩镇的一个小干部、母亲教书。等到他们退休时，我们姐弟仨都在北京扎下了根，于是，他们就在退休后随我们姐弟在北京居住，这一住就是二十多年，他们也很习惯北京的生活了。

但是，母亲一直有个小九九。她对北京始终没有地理认同感，她认为她迟早要回到老家居住。就在他们去北京不久，她委托我小舅舅在其家隔壁建了两间两层的楼房。她当时的解释是，老家是我们的根，没个房子，回去坐的地方都没有，那成个什么体统？我们理解为那是母亲留在家乡的一份念想。其实不是。她一直有个时间点，就是孙辈带大后她就离开。因此，与其说她是在北京养老，不如说她是为一份担当而留在北京。于是，当她的几个孙子辈孩子陆续上大学之后，她就呆不住了，坚持要回湖南。父亲的态度则是在哪里都可以。终于，2015年清明节全家回老家祭祖后，父母就留在了老家，再也不肯回北京了。

三

楠木村附近有个自然形成的小镇，叫边山河。它与湖北隔河相望，又有一条连接长沙到宜昌的省道，加上历史上这里是个水码头，自然就成为人们歇脚打尖的地方。有饭店、旅社，还有汽车加水、加油的地方。后来，一个叫皮正新的本地人在这里建起了商业街，还兴起了集市，边山河就很像那么回事了。

边山河属于浣水上游。浣水发源于湖北伏牛山脉，流经湖南、湖北好几个县，到边山河这一带时，冲积出一大片平地，再往下，就是浣水水库了。

皮正新利用浣水边的这些平地，搞了个蔬菜种植基地，还养鲟鱼，附近就有不少人过来打工，也算是边山河集聚人气之所在。

父母回老家后，饮食起居找不到人照料，是件困扰人的事情。原先依傍小舅舅家建房，母亲的理由是有小舅舅一家在，彼此有个照应。可是小舅舅不到六十岁就作古了，舅娘一家也等于是失去了主心骨。正好皮正新在边山河兴建一家宾馆，而我姐姐和皮正新是中学同学，姐姐就提出来，傍着宾馆，建一栋小楼，让父母亲去住。

边山河离小舅舅家近，等于是一个地方，但买东买西要方便很多，加上皮正新的公司在那里，姐姐认为既满足了父母亲在老家居住的愿望，也方便他们的日常起居。谁知房子建好后，母亲还是不愿意去住。这与我有点关系。那年，父母做出决定，要留在老家养老，我觉得他们早年建的房子需要修葺一下，就与表弟合谋，将舅舅家的房子和母亲建的房子一起做了改造，形成一个比较雅致的三合院，白墙黑瓦，采用了新徽派建筑风格，外观看上去还像那么回事。内部也做了装修，安装了中央空调，接通了自来水，居住条件和姐姐在边山河建的小楼不相上下，给父母造成了一个两难选择。

不过，我最近和姐姐商量好了，还是准备动员父母亲住到边山河去，估计他们也会愿意去，因为乡下请人做事太难，边山河找帮工要相对容易。他们年纪大了，靠自己的体力，很多事都无可奈何，他们不得不服老了。关键是，边山河离他们现在住的地方很近，隔三差五去看看也很方便。这样的理由，我想是可以说服他们的。

四

我到武汉工作，姐姐是反对的。她提醒我：你都五十多岁的人了，不缺吃不缺穿，还折腾什么？写写文章、陪陪父母、带带孩子，多好。

我说正因为我才五十多岁，过早地放弃自己，也未免太对不起自己了。

我自觉是那种宅不起的人。换句话说，耐不住寂寞。

后来，我老婆站出来为我说话，说我在武汉的这家公司，老板是多年的老领导，他们在一起，总有他们的开心，算是表示对我的支持。

我是很感性的人。做事情向来喜欢"我愿"。

其实，还有一个缘由，就是武汉回北京方便，回老家也方便，一个周末回北京，一个周末回老家，老与少，两边都顾得上。

但我到武汉转眼也半年了，回老家只一次，还是出差就便。真要按想象的那样，实在是对毅力的一种挑战。想象中的美好有时候不过是理由。即使如此，父母亲还是赞成我呆在武汉，在他们看来，相比北京，武汉回老家要方便很多。我在武汉，他们就总觉得我在身边一样。有这样的效果，也未尝不好。

姐姐说，她已买好到武汉的机票了。我知道，她刻意在武汉停留一下，其实是一种姿态，是她收回当初劝我时那番话的一种表示吧。

　　我昨日就收拾好房间散乱的行李，只等姐姐来了，我们一起回老家去。这些年来，我们姐弟从外地一起回到老家过年，这还是第一次呢。

故乡散记

放假前的最后一天

今天是春节前最后一天上班，所谓新年，真的就近在眼前了。因为有公元年和农历年的存在，元旦一过，直到农历正月，新年这两个字眼就用得格外的频繁。新年的高潮还是除夕夜，这是旧历一年的最后一天，是万家团圆，吃团年饭、守岁的日子。现在离除夕夜还早，人们却早已进入一种喜庆的氛围而显得有些浮躁。我也一样。我前几天写《春节散记》，拉拉杂杂写了几千字，其实就是一种自我训练，我在想：人们庆祝节日、举办各种活动、向往春节，在这样的热闹纷繁中，我果真沉得下心来写作吗？人心容易受到外界的裹挟，超然其外，也许并不容易，但不做尝试，又如何获得体验呢？

农历小年过后，武汉的同事中，就有吃年饭的了。这也太早了吧。我知道湖南的农村，有提前一天吃年饭的，也有在年三十的晚上天快亮时吃年饭的，但小年一过就吃年饭，以前是闻所未闻，真是又长了见识了。

　　昨晚围坐一起吃饭。有几个同事，听说我姐姐来了，主动留下作陪，其中有老家在襄阳的。姐姐说，她大学毕业后，第一次去北京报到上班，就是在襄樊坐的火车。襄阳那时叫襄樊，是离我们老家最近的一个火车站。大家都纷纷说起自己坐火车的经历，回忆起绿皮火车、红皮火车及至动车、高铁这一路的变化，感叹高铁带给人们的便利。在那个只有绿皮火车的时代，春节出行，即使你买到车票，要上到火车上去，没个好身手，也奈何不得。现在，即使是离春节只有两三天了，要买票，也还有希望，只是要耐心一点、选择的余地要小一点。姐姐本来买好了汉口至宜昌的车票，到武汉后，又觉得荆州到老家比宜昌到老家路况要好一些，遂准备买汉口到荆州的动车票，一查票，居然也可以买到，只是发车时间有点早，早上七点。我们最终放弃了坐火车的方案，选择开车去荆州。但对于火车出行的变化，还是很感慨的。

　　年会时买的一些中国结、年画等，还有多余的，我安排办公室的人将它们利用起来，装点一下节日的氛围。不一会，公司前厅、会议室、各间办公室的门上，就有了红红的喜色。夜晚，总经理打电话给我，说办公区那么布置一下，很提气，要我安排工地办公室、台商、一方几个办公区也布置一下。是的，这几个地方都做了考虑。办公氛围和员工关怀是办公室工作一项重要的内容，企业文化就是在一点一滴的细微中显现出来的。我记得汶川"512"大地震后，我所在的中纺大厦一间办公室用蜡烛燃起一个巨大的心形图案，我就觉得这家公司的行政人员反应及时、表达恰当。在那样一种氛围之下，募捐也好、振奋企业精神也好，这个公司的员工，都应该会受那个图案的感染。

连续很多天，东西湖都是阴雨天。雨不大，丝丝滑落，好像并未下雨，实际上地上总是湿漉漉的。天气则变得很冷。我前几天还感慨毕竟是春天临近了，即使是刮着寒风，天也并不觉得冷呢，老天爷就将一个冷还给我了。不过，今早起来，天上是一片亮色，似乎是要出日头了。我倒不希望天气晴得太早。春节，似乎阴雨天更有氛围。这就很容易让人想起小时候的春节：年三十晚上，取一棵巨大的树篼，火坑屋里发出红红的亮光，围着火坑，温暖、喜悦发自肺腑。曾经，我跟随别人习禅，练习静心，某一刻，会进入一种宁静喜悦的状态。这种状态，和小时候在火坑边坐着的感觉，很像。

昨晚在朋友圈，看到小平兄推荐的一篇文章，是野夫的散文。野夫的书，我买过、读过，他的经历我也约略知道一些。我喜欢读他的文字。小平兄推荐的这一篇，《有欲无望度余生》，是野夫新近写的，也属于辞旧迎新之际的应景文章。他应该是搬到了他的老家利川"度余年"了，并且提到了是从居住了十一年之久的大理搬出的。搬出的原因他没说，搬到利川，那个他上无片瓦，下无半亩宅基地的老家，他是怎么安顿自己的，也没有说，但他的无奈与惆怅跃然纸上，某些词句，甚至与敏感沾点儿边了。我隐约知道野夫所写，离不开一个"拆"字。这真是近些年一个讳莫如深的话题。好在野夫仍然承认自己有欲，好在野夫家乡还有能让他得意的莼菜。回到故乡的野夫是否是巴适的，他并未透露。我想，一个让利川出了名的游子，回到家乡，总该让他有个归隐田园之所吧？

故乡散记

药山寺访明影师父

药山寺，位于湖南省津市市境内，从二广高速公路双桥坪出入口下，约六七公里可到达药山镇。药山寺坐落在药山镇药山村，本已坍毁，后在废址上陆续建造起一些简陋建筑，算是千年古寺重获新生。药山寺名声不仅国内十分响亮，还远播韩国、日本。1983年以来，不断有韩国、日本佛教界的参访团来药山寺废址参访，被其视为祖庭。国内禅学界从来不敢忽视药山寺的存在，但凡提到禅宗，总是会或多或少地提起药山，这个被称之为禅宗祖庭的地方，更不会忘记药山寺的开山大师，药山惟俨，他号称禅宗九祖。

姐姐信佛习禅，却不知道澧县、津市一带曾经是佛教文化重要的传承地。"南朝四百八十寺，多少楼台烟雨中"，这是杜牧的诗，拿来形容澧县、津市一带佛教繁盛的景象也一样很贴切。

药山寺已经很出名了，跟药山寺一样出名的龙潭寺，原址就在澧县县城，即现在的桃花滩宾馆、德隆市场一带。据说，中国的碑帖拓拓技术即始于该寺。我和她说起这些，她似信非信，便提出要我带她去药山寺看看。

我和药山寺现任住持明影师父有过一面之缘，还与寺庙的义工范国军有联系，便和他们约好，于农历腊月二十九去拜谒药山寺。

我们从火连坡出发，经湘北公路，从复兴厂上二广高速，约莫两小时车程到达。义工范国军还在路上，他派了另一个刘姓义工到药山寺旧址迎接我们。药山寺旧址有近年来陆续复建的一些建筑，其中，最醒目的是一栋已经封顶但据说要拆除重建的大雄宝殿，一块"药山慈云讲堂"蓝底白字的横额悬挂正中，另有香港理工大学潘宗光教授讲学的遗存，是一块喷绘的背景墙，上书"第四讲佛教与科学"字样，应该是讲座的主旨了。这里没有别的游客，只有一个僧人在扫地。从竹林禅院过来迎接我们的刘姓义工适时到达，他陪我们参观药山寺旧址。他说，旧址已经没有药山寺旧有建筑，只有三棵树、三块碑是药山寺遗存，并逐一带我们去看这些树和碑。讲堂西侧近年新建的药山寺山门，实在担不起药山寺重名，与之一体的建筑也过于简单，但收拾得很干净。他一边带我们参观，一边向我们介绍药山寺、惟俨祖师与禅宗的关系，以及药山寺的发展规划。姐姐修佛，偏重于净土宗，对于禅学知之不多，但惟俨大师她是知道的，并且也知道惟俨又称药山惟俨，只是不知道大师竟然与自己的家乡有这么深的渊源。她听完义工的介绍，对我说，"老弟，这一趟真没有白来"。我说，姐，这里还仅仅是有待复兴的旧址，我们要去的是竹林禅院，到那里，你应该会更有感觉一些。她随即制止我，说，佛门重地，不要乱说，要依平常心参拜，不要有分别心。见我掏出烟来抽，也赶紧制止，看来，信佛的人和不信佛的人，行为举止大不一样。

顺着药山寺旧址南广场前的一条田间便道，我们去竹林禅院。接近竹林禅院时，我指着车窗外那些长满紫云英的稻田对姐姐说，这些稻田，是药山寺从农民手中流转过来的福田，用于种植稻谷，每年药山寺都会出产四万斤以上福田米。

我之所以向姐姐介绍这些稻田。是因为姐姐这次来，还有一个使命，考察福田米的种植环境，帮助福田米做一些推广。福田米坚持生态种植，不使用化肥、农药，全部用的是有机肥料，比如播撒紫云英种子，开春之后沤肥，就是其保持土壤肥力的主要方法，而用酵素法治虫灭虫，不仅控虫效果好，一些因使用农药而灭迹的生物竟开始重现，比如蚯蚓、蚂蟥、泥鳅等，福田经过这些种植改良，整个福田区域生态环境大为改善，这是福田米因此可以称之为生态大米的法宝。我曾经专门写文章介绍过福田米，对福田米推崇备至，无不与福田米的这些种植措施引起我的认同密切相关。

明影师父曾经告诉我，寺院可以在种植上精益求精，但产品销售并不在行，福田米虽然值得推广，但实际上销路并不好，每年的产品主要靠居士、义工在熟人圈子里推介，没有起到他种植福田米以推广食品健康理念的目的，那时，我就让产递网介入，希望帮助福田米做一些传播。我知道，福田米上架到产递网，还只是福田米营销的第一步。产品销售讲究找到用户痛点，福田米的用户在哪里？在大米品牌繁多的现实面前，福田米要获得用户市场，光靠生态概念显然不够。虽然寺院产品可以为其赋能，但比起赫赫有名的五常大米，福田米可以说是名不见经传，在这种情况之下，福田米需要找到合适的定位，让其成为一个特定人群信赖并且喜欢的产品。这个人群，应该是重视食品安全并且对寺院有一定的感情的那些人。姐姐参与的世罕泉天然矿泉水会员就具有这些特征，如果动员世罕泉的会员用其积分换购福田米，则福田米在居士、义工之外，就多了一个用户群体。我带姐姐到竹林禅院，不能不说有为福田米找到一条合适的销售途径这一企图。

我知道福田米口感很好，就劝说姐姐在竹林禅院试吃一下，姐姐拒绝了。她说寺院的饭不能随便吃，吃了就要对寺院有贡献。她愿意买一些福田米回去试吃。后来，离开竹林禅院时，她果然买了一些带着，回到火连坡后，用它煮粥、煮饭，姐姐都觉得不错。得到她这份评价，我知道，姐姐一定会愿意向身边的朋友们推荐福田米了。那么，我此行去药山寺的目的算是达成了。我不是佛教徒，也没有任何商业目的。药山寺开展生态种植，源于其一日不做一日不食的生活禅理念，是修行的一种方式，但其出产，却是利益社会的。倘使我们的农产品都以这种方式种植，则我们的餐桌上再无化肥、农药残留之虞，实在是一件功满人间的事情，因此，能为福田米做一份贡献，我感到欣慰。

我们到达竹林禅院不久，义工范国军也到了。他是福田米的主要销售人员，他陪我们去见明影师父，话题自然就离不开福田米的种植和销售。关于福田米，我之所知多源于与他的交流，明影师父的介绍也是一个了解途径。

明影师父早年在北京大学读书，后来去河北柏林禅寺跟随净慧长老出家、修行，奉信生活禅理念，因此，他受邀来药山寺之后，即将药山寺的复兴方向定位于禅文化的推广之上，这与惟俨大师作为禅宗九祖的理念是一致的，张举生活禅理念，也符合药山寺禅宗重要祖庭的身份。

竹林禅院是明影师父主持在药山寺建造的第一座禅院，依山傍水，采用唐式建筑风格，整体布局十分自由、洒脱，没有一般庙宇的雄伟，但其建筑群落整体并不失庄严感。陪同我们的义工说，这里已经成为常德市新的一处风景点，人们来这里，不单纯是烧香拜佛，有些纯粹是冲着竹林禅院别致的建筑风格和山水相依的雅致景观而来。是的，建筑是重要的人文景观，我们日常所见，很少能见到唐式风格的影子，以至于很多初次来竹林禅院的人，第一眼所见之后，以为是日本建筑。竹林禅院之所以选择唐式风格，与药山寺始建于唐代有所关联，但更多的还是明影师父关于建筑与自然美学观念的表达。

竹林禅院前有一池清水，原是东冲水库，现在成为竹林禅院的生活水源，也是福田灌溉用水的取水地，水质非常好，有当地政府设立的铭牌，言明该水库乃一级饮用水水源。

水库大坝下，停满了各色车辆，这与药山寺旧址的冷清形成鲜明的对比。我一直以为，明影师父作为药山寺的住持，不住在药山寺，而住在东冲水库边上，从竹林禅院的建造开始，是出于对药山寺整体发展的战略而考虑的，旧址承载着药山寺厚重的历史及人们对药山寺复兴的厚望，一不小心，可能就导致整体规划受阻，因此，对于药山寺旧址，明影师父选择了"废"，即让它暂时按原样存留着。他用"兴"来表达自己的主张，因此先建了竹林禅院。废与兴也是一种智慧，这是明影师父的高明之处。他没有家贯万财，只有复兴一座千年古寺的神圣使命和发展生活禅的宏大愿景，即便如此，竹林禅院仍然应运而生，而看起来处于废弃状态的药山寺旧址，将因为竹林禅院的成功兴建而得以复兴，我想象未来的药山寺，是既有庙宇的庄严，更有禅宗的意趣，是药山寺当然的中心之处，而它也一定还在其旧址上，但竹林禅院以及随后建造的其他禅院，都将成为药山寺不可分割的部分，成为禅文化的传承之地。

佛与禅一脉相承，但禅宗更具中国特色。想当初禅宗初祖达摩印度西来，面见信佛的梁朝皇帝，并不为梁武帝接受，只好到少林寺面壁。僧人神光拜达摩为师，禅宗这一派才算在中华大地播下种子，直到六祖时代，出了两个代表人物，一个是慧能、一个是神秀，他们分别代表禅宗的两大流派：顿悟派和渐悟派，而五祖认可的是慧能，这样，顿悟派渐渐成为禅宗的主流，后来经过南岳怀让、青原行思、南阳慧忠、永嘉玄觉、荷泽神会的传承，至马祖道一、石头希迁，禅宗在佛教本土化的道路上愈走愈宽广。

故乡散记

这时候，出现了药山惟俨，他先拜石头希迁为师，后转拜马祖道一门下，出师之后，来到药山，建起了药山寺，药山惟俨、丹霞天然、天皇悟道这些从药山走出的大师被称之为药山系，由于其法嗣曹山本寂、洞山良价创立了曹洞宗，故宗派名曹洞宗。与临济宗、云门宗、沩仰宗和法眼宗齐名。药山在中国佛教史上的地位，由此可见一斑。而惟俨大师与药山寺的关系，则水乳交融。他祖籍山西，生于江西，而求学南岳。坐化之后，葬于药山。可以说，没有惟俨大师，药山只能是湘西北大地一座默默无闻的小山而已，当药山遇上惟俨大师，它就不再属于湘西北了，它成为中国的药山、世界的药山。

禅宗乃佛教汉化之宗派，主张依佛心，不立文字，教外别传，以期"直指人心，见性成佛"。它与中国文化深度融合，对宋明理学均产生过重要的影响，尤其是顿悟派，它融合了中国儒家、道家的哲学思想，并提出非宗教化的理念，在中国文化发展史上，具有非常重要的地位。

明影师父倡导的生活禅源于其师傅净慧长老，他认为生活禅是人人皆可践行的生活方式，信佛也好，不信佛也好，均可修行。这也是他来药山寺后，大兴禅院的动因之一。禅院对于有宗教信仰的人来说，是福地洞天，对于没有宗教信仰的人，可以修身养性。

日本、韩国的曹洞宗门徒都尊药山寺为其祖庭，从1983年开始，不断有日韩僧人来药山祭祖参拜。国内前往药山寺参拜的更多。药山寺，是尘世生活的一股清流，于无声处，从湘西北的群山中，流向洞庭湖滨，流向大江南北，流向海内海外……

姐姐向明影师父提出，送给竹林禅院一套星云大师的丛书，共108册，明影师父欣然接纳。他也送我们一些礼物，有寺院出产的福田米、印刻的佛书和佛历。那本佛历很好，是本台历，"生活禅风"四个大字印在封面，每一页，均印有与禅、佛有关的知识，通体米黄色，素朴而实用，我准备带到武汉，置于案头，工作之余，望一眼"生活禅风"四个字，勉励自己在生活中做一个与禅结缘的人。

故乡散记

与福田米结缘

洞庭湖西，千年古刹药山寺曾静静地依偎在湘鄂边秀丽的青山绿水之间。

药山寺始建于唐代，开山鼻祖为禅宗曹洞宗所奉祖师惟俨大师。遗憾的是，历经千百年风雨，药山寺遭遇毁损。曹洞宗派传人明影师父肩负复兴药山寺使命，在药山寺废墟之上，开坛传扬生活禅，药山寺重新成为礼佛之人的重要场所。

禅院计划和推行生活禅是明影师父重振药山寺的重要举措。生活禅与曹洞宗一脉相承，但更贴近生活，更利益于普罗大众。

在明影师父的主持下，药山寺已兴建第一座禅院——竹林禅院。

竹林禅院东倚苍翠的白云山脉，西望威武的虎山，南面是一片稻田，山清水秀，风景如画。尤其值得称道的是其颇具唐式风格的传统建筑，白墙黑瓦，依山而筑，初见者往往误以为是日本建筑。

远在深山的竹林禅院，一经建成，就不断吸引国内外人士前来参访，日、韩等国曹洞宗信徒更是视其为祖庭，经常组团来访。2017年9月7日，日本曹洞宗宫城县宗务所组织的访问团参访药山寺是其中规模最大的一次。宫城县宗务所所长、洞源院住持小野琦长老为团长。全团共21人，18位曹洞宗僧人，其中住持12人，著名禅宗史专家石井修道教授随团。竹林禅院之盛名，由此可见一斑。

竹林禅院经常举办禅修活动。"生活禅"，成为禅修者喜爱的一种禅修方式，其核心理念是将禅修思想与日常生活紧密结合，"思知其思，动知其动"，培养人们"记得自己"的意识能力。

竹林禅院前是一湖清水，灌溉着下方300亩福田。本着"福田、福人、福己"的初心，一群来自全国各地的居士，践行农禅并重的古风，耕耘药山福田。福田米即出产于此。

明影师父倡导生态种植，选种、播种、培育，均秉承生态理念，根据当地气候和地理条件，聘请专家指导，不追求产量，唯尊崇品质。坚决不使用化肥、农药，除草则采用人工，驱虫用的是酵素法，种植成本高，但明影师父在所不惜。

福田米主要供禅院自用。禅院的访客，无论是居士还是香客，不论是否信佛，挂单都管饭。当然都用福田米，但福田米是有限的，一年的产量，也不够禅院用到接季。如此，明影师父还是做出决定，每年都拿出一些福田米，与有缘人分享。明影师父是在用这种方式，倡导一种健康的生活理念，提醒人们重视食品安全。

有义工说："吃清净福田米，修正信生活禅，得大自在。"诚然。一把福田米，没有化肥、农药，口感又好，这样的大米，于身体可得自在，当不假也。若因此结缘生活禅，静心明智，则心得自在，何乐而不为？

春节期间我和姐姐、弟弟寻访药山寺，明影师父以福田米相赠，我们又另外购得一些，从此，我们便与福田米结缘，每食之，必感念明影师父种植福田米、弘扬生活禅之仁厚宅心。

外婆家

一边是河谷，东西两面地势低且相对平整；北面地势低，但称不上谷，之后，是高大的山体，这样的地形，在南方人的眼里，是名副其实的"岭"了。岭西高东低，像一条浮在水中的鲫鱼，有风水先生称之为鲫鱼上水。外婆家指的就是这一片区域，大地名叫长冒岭，小地名叫大沙湾，按行政区划，属于火连坡镇楠木村。

长沙至宜昌，有一条省际公路，湖南段至边山河止，编号为S302线。接近边山河时，是澧县北部山区重镇火连坡镇政府所在地，通常人们称这个地方叫火连坡。从火连坡继续朝边山河走约2公里，右侧可见一个岔路口，立有一块牌子，火连坡镇养老院。如果继续用鲫鱼做比喻，则岔路口进去，在鲫鱼的尾部，顺着鲫鱼的背脊，有一条村级公路，约2公里，便到达鲫鱼脊背与头部相连的地方，而村级公路，也正好在这里分岔，一路继续西行，可到达西部平地，一路向北，再折而向东，伸向东部那些低洼的地方。

　　父母亲三年前在长茅岭定居。具体位置在村级公路分叉点的西北侧，一溜三户人家，东边是周姓邻居，西边住着舅表妹一家和舅娘。门口是一口堰塘，集雨面积小，水并不丰盈，但水面也有8亩左右，这在山地，是不小的水面了，我们称之为湖，并私下里为之取名为美松湖，各取母亲的名字和小舅舅的名字的最末一个字，算是尊崇和纪念。美松湖其实是没有固定的来水的，完全靠下雨集聚获得水源，雨水季节，水量大，水面就宽阔。一过雨季，水面就缩小了。平常所见，不过是塘底的一点存水。若要保持堰塘长期有比较高的水位，则需要从南面河谷的一个水潭抽水上来。舅舅在世时，装了抽水的设备，原是解决饮水问题的，后来农村搞安全饮水工程，家家户户接通了自来水，这套设备就只为堰塘蓄水所用了。不过，即使不抽水，堰塘也不至于干涸，因此抽水设备平时基本不用。这几年用过几次，都是因为改造堰塘，先将堰塘水抽干，施工完毕，再抽水注满。水满堰塘，看上去是一片浩渺，但存不住水，渐渐地，水就渗漏掉三分之二，这是堰塘可以自然蓄水的状态，因此，平时见到的堰塘，水量总在三分之一左右。

　　这里是母亲出生、长大的地方，于我而言，当然是外婆家。可是外公外婆都不在了，再提外婆家，就不是很准确；舅舅去世也早，说舅舅家也不确切。舅妈在，说舅妈家，又觉得怪怪的，好长一段时间，我难以找到一个指代的名词，我通常还是称这里为外婆家，偶尔也说父母家或者长茅岭。

　　通村公路还没有时，从岔路口到父母家，是一条土路，基本与省道平行，从长满杉树和松树的林间穿过。路不宽，只容一辆车单向行驶。这么窄的一条路，从树林中穿过，路中间长着青幽幽的野草，实际上能显示出路型的，是两道宽不过1米的车辙。我很喜欢原先的这条路，尤其是那两道车辙，在满目青翠中，它们就像两条白色的飘带，置身其间，往往有那种走在乡间小路上的野趣。尤其是秋天，松针撒在道路上，白色飘带像染了色一样，泛着金色的光，很有些迷幻的感觉。后来，修了通村公路，路线基本与原先的土路一致，但砍掉了大量的树木。不是因为修路砍掉的，而是将树林砍了，改成了橘园。现在橘子挂果都好几年了，橘树却不见长。要找回土路时期的那种感觉，怕是不易了。不过，通村公路也有好处，水泥路面，隔50米装有太阳能路灯，开车、走路，都有如履平川的感觉，比起土路时期，路况确实是好多了。

外婆家及周边的区域，公社化时期，是一个大队，叫金盆大队。金盆，由这个地名，可想而知，地势必然低洼，但我猜这个地名更有一语双关的意味，其一，指的是金架山前的盆地；其二，是指这个地方很好，像个金盆子。公社化之后，大队改村，村名改为长茅岭。长茅岭与外婆家所在的山岭南北相对，作为地名，远播周遭，因此，用它做地名，也有一定的地域代表性。后来，小村改大村，长茅岭、外婆家一带合并进一个叫楠木的行政村，成为了楠木村的一个组，即楠木村3组。

关于外婆家，我所知道的就是这些。

我老家在离外婆家10多公里的周家垭，现在有公路连接，开车 10 多分钟就可以抵达，但在交通不便的年代，这样的距离可不算远，走路需要花小半天功夫。由于尽是山路，来来去去，都要翻越几道山坡，很费体力，因此，小时候去外婆家的次数并不是很多，参加工作前，大概一年一到两次，工作后，去得就少了，尤其是外婆去世之后，几乎有二十多年时间不曾去过。

但是，小时候，外婆家是一个吸引我们的地方，因为那里有外婆。我们那一带，称外婆为"家家"，到家家屋里去，是很隆重的事，穿戴要整齐，去了也不会做事，吃的则是日常难得见到的东西，起码，吃饱肚子这是必需的。由于外公早逝，记忆中对外公的印象十分模糊，但很清楚地记得外公去世时的情景。那是一个雨天，天气有些冷，母亲哭哭啼啼地带着我们三姐弟走路到父亲工作的单位，然后，和父亲一起去外婆家。外公装进棺材里，被放进一个挖好的土坑里，这是人死后的归宿，是我关于葬礼最早的记忆。大约从那时开始，我对死亡的恐惧像毒蛇一样缠绕着我，以至于村里死了人，很长一段时间，从那家人的门前经过，都不敢。还有一个一直令我疑惑了很久的事情是，外公的棺材明明是放进一个长方形的土坑里的，但最后的坟墓却是个圆锥形的土堆，为什么不是长方形的土堆呢？这是我想了很久没有想明白的事，又不敢问，这些疑惑，造成了我日后见到坟墓就恐惧的麻烦。外公的坟墓就在外婆家西侧，那一侧，我从来不敢单独一个人去。长大后，胆子大一些了，但这种阴影还是挥之不去。我曾经为消除对坟墓的恐惧采取过诸如提升认知、系统脱敏等等的办法，但都不奏效，后来，学会了接纳，才渐渐不很害怕。

这时，我已经是年过半百的人了。

所有的记忆似乎都是从外公过世后开始的。我记得外婆家是一栋三间两偏的房子，位于水库大坝下。这座水库，就是现在父母居住的房屋前的堰塘。这样一对比，记忆中的外婆家是在一个低洼的地方，但那时并不觉得那是一块洼地。屋门前是稻田，现在这块稻田变成了堰塘的一部分。我们帮父母改造房子的时候，用推土机将水库大坝挖掉，让稻田和水库连为一体，所挖出的土方则填埋在房屋的东侧，这样就改变了房屋与东侧地势的关系，使得现在的房屋和外婆原先的房屋看起来似乎是在一个平面上，而实际上，现在的房屋在外婆原先的房屋基础上提升了一米多高。这样的变动，最初的方案出自小舅舅。他将原先的老屋拆掉，搬到了现在的位置。新建房屋时，外婆病重，我去看望她时，地基才刚刚平整完毕。现在，外婆去世也三十多年了，那么，父母现在所住的地方，作为屋场，也应该是三十多年了。现在的房屋，屋前是堰塘，屋后是松树林，东侧是我们填出的平地，有个一两亩地吧，面积不算小，暂时荒芜着，只种了几棵桂花树，平时长满野草。规划中，我们准备建成花园，拉了很多石条来，码在草丛之中，尚没来得及施工。其实，我是很希望将它种成一座竹园的，记得原先外婆家的东侧，就是一大片竹林。可是，东侧另有一户人家，如果种成竹林，就对他们家形成遮挡，这很容易扯皮，只能考虑做成花园。

外婆家的竹林，我印象很深。进进出出都要穿过竹林，因此竹林中就形成一条一米多宽的道路。道路两旁，各有一道矮矮的篱笆，上面爬满各色野花。我最喜欢的是一种紫色的喇叭花，应该是牵牛花吧，现在东侧的平地上，就有很多的牵牛花匍匐着，南方的野地里，各种野花争奇斗艳，本不稀奇，但爬到篱笆上，就显出格外的不同来，它们总是从篱笆上探身出来，你从它身边走过的时候，它们会做出上下起伏的姿态，似乎是夹道欢迎的队列，让你感到一切都是那么美好。那些匍匐着的牵牛花，虽然也好看，却只适宜作为地面的装饰，它们一动不动地趴在那里，缺乏动感。

外婆家的竹林，是在小舅舅搬家之前就消失了的。竹林开花了，竹林就不复存在。那时，正流行一首"竹子开花啰喂"的歌，是表达大熊猫生存环境受到威胁的一首歌。大熊猫以竹叶为主食，竹子开花，对大熊猫意味着什么，从外婆家竹林的际遇，我很容易就明白了。

父亲退休时，曾经将老家的房屋翻修，一前一后两栋红砖瓦房，在农村也算是不错的居所了。房屋建成不久，姐姐生小孩，需要母亲去照顾，父母就锁了门，去了北京。那时，我和弟弟都在桃源纺织印染厂工作，也到了结婚成家的年纪。考虑到父母身边将来没有儿女照顾，姐姐就提出不如将老家的房子卖了，让父母跟着她住。六十岁上下的父母亲，显然并不指望跟随女儿一辈子，他们同意卖掉老家的房子，将钱给了我，要我在桃源买房，等外甥女长大一些后，他们就到桃源和我、弟弟一起居住。那时候，还没有商品房的概念，也没有商品房可买，但工厂周围，有当地人建的私房，也不贵，老家卖房的钱，买一座两间两层的楼房，不成问题。我也看好了房子，正待交易，弟弟遇到一个机会，调到了湖北沙市，这样，父母今后跟谁住，就出现了新的选择，买房一事就暂时终止了。后来，纺织业不景气，房地产开发风起云涌，我到北京的一家房地产公司做事了，父母的归宿问题开始明晰，我们姐弟三人都觉得父母在北京养老比较靠谱，他们也习惯了在北京的日子，并不表示反对。再后来，弟弟也到了北京工作，父母在北京养老几乎就成了定局。先是跟随姐姐住，后来他们有了自己单独的房子，再后来，换成了带院落的独立别墅。我们姐弟几个都以为父母会安心在北京养老了。

知道他们留念老家是在母亲出钱让小舅舅帮他们在长茅岭建房之后。这次建房，是母亲的主意，也受了小舅舅的游说。20世纪90年代末期，小舅舅再次翻建房屋，并动员母亲在他家的宅基地旁建个房子，母亲就与姐姐商量，说老家有个房子还是有必要的，一家人总要回老家看看，回去了，连个落脚的地方也没有，不大气。她没有说建这个房子是预备今后养老用的，只是希望老家有个落脚之所，让心里踏实。再说，房子建好后，有舅舅一家看护，回家直接就可以用，有这个便利，还是建个房子比较好。姐姐支持了她的想法。可能母亲潜意识里知道我和弟弟都会反对，她要求姐姐不要告诉我和弟弟。就这样，房子建好几年之后，表弟结婚，我们去参加婚礼，才知道母亲在舅舅家隔壁建了房子，才第一次见到现在属于我们在老家的这所房子。那是一栋两间两层的楼房，与舅舅家的房子毗邻而建，外观是当地农村普遍的式样，装修简单，还添置了简单的家具。我并不喜欢这样的房子，就表示出自己的遗憾来：一是建筑样式不好，要是事先告诉我，以同样的造价，完全可以建得更好一些；二是建在舅舅家边上，虽然可以获得照看之便，但毕竟不是我们从小长大的地方，没有地域上的亲近感，要建，还是应该建在周家垭。但遗憾归遗憾，房子建好了，也只能由着它趴在那里。

我有一种预感，以为母亲会很快提出来要回老家养老。但并没有。第二年清明节，她和父亲回老家祭祖，来去不到一个月，回来后兴奋地和我们谈起她在老家的房子，说是虽然只是临时回去，但不用住宾馆，也不用住在别人家里，感觉自己在老家还有个窝，表示很满意。秋天，她又邀父亲回老家去住些日子，但父亲不愿意跑。最终父亲还是服从了母亲的安排，但回到北京后，父亲就坚定地宣布，他再也不愿意回湖南了，除非搬回湖南去常住。一回去，各处亲戚都要走动一下，累。母亲小父亲11岁，那时候，母亲不到70岁，父亲已接近80岁了，年龄的差异导致他们体力大不相同，母亲愿意到处走动，父亲则害怕走路，对于母亲热衷于回湖南表示不满。他说，要么干脆就搬回湖南，要么就在北京呆着。大约就在这时，关于父母亲回老家养老的事，成为我们逢年过节必然要讨论的话题。父亲的态度是，他在哪里都可以，但不要跑来跑去；母亲则态度坚决，表示迟早要回到湖南去，但暂时不会考虑。

每次提到这个话题的时候，我们都不以为然，理由是两个老人回湖南肯定不现实，身边没人照顾，他们如何安顿自己？母亲则拿小舅舅当挡箭牌，她说小舅舅一家人住在隔壁，况且小舅舅年富力强，有他们一家子在，没有什么不方便的。

听着也有道理，但我们并不当真。母亲是个爱子心切的人，她平时的表现，儿女就是她的一切。既然她的三个儿女都在北京，她纵使有回湖南养老的想法，但要下定决心，对她并不容易，何况父亲态度中立，母亲下定决心，也是缺乏推动力，所以，每次提起这个话题，都不了了之。

但母亲要回湖南的心思显然是一直存在着的。

母亲的行为举止，让我想起了外婆，还有姑妈。外婆曾经与小舅妈不是很和谐，母亲就提出让外婆搬到我们家住，但外婆生死不依。那时候，母亲的观点是，在哪里住不是住？为什么一定要窝在长茅岭受小舅妈的气？但没有用，外婆根本不听母亲的劝。外婆说："我有儿子的啊，我怎么能跟女儿住呢？那不是打儿子的脸吗？"外婆的观点是，婆媳不和不要紧，在儿子身边就好。

还有我姑妈，她只有一个儿子，在常德市工作，两个女儿离她都很远。她身体不好，腿脚不方便，晚年更是完全不能走路，只能双腿贴在地上挪动。表哥要接她去常德住，她也是坚决不肯。那时候，农村没有自来水，吃水、洗洗涮涮，都要到门前的池塘进行。她就拖着她那双病腿，艰难地从家门口挪动到水塘边，从水塘边挪动到家门口，吃尽了苦头。最后，表哥不管三七二十一，将她弄去常德，以为有他伺候，姑妈会安得下心来。却不。从到常德起，姑妈就像丢了魂一样，找表哥不停地哭闹，弄得表哥无所适从。那一年五一节放假，我从桃源去常德看她，她一见我，像见到救命恩人，抓住我，哭求我将她送回老家。她对我说："我的好舅侄儿啊，你要把我送回去啊。城里死了要烧成灰的，我不愿意，我要埋进土里。"表哥在一旁气得脸色发青，我也觉得姑妈不可理喻。当天，表哥找了辆五十铃卡车，邀我一起将姑妈送回了老家。母亲那时四十多岁年纪，她不能理解姑妈为什么不愿意随儿子在常德居住，也曾劝过姑妈。现在，母亲面临当初外婆、姑妈同样的选择，她走的还是外婆、姑妈的老路。

我问母亲："是不是怕百年之后要火化？"她毫不掩饰地承认了。我就向她保证，等真到了那一天，一定不等落气就送她回湖南，绝对不火化。

养儿防老、叶落归根、入土为安，这样的传统观念是如此根深蒂固，以至于外婆、姑妈，还有母亲，都愿意选择生活的艰难而守护着她们的观念，观念这个东西，有时候真是害人不浅啊。

父母亲正式决定要回湖南养老，是小舅舅去世之后。按说，小舅舅不在了，母亲寄望于小舅舅可以照顾她的理由不复存在，她要回长茅岭居住的动力应该小了许多。但不是，她态度满坚决的。我和弟弟见她态度坚决，就提出在周家垭建房，请人照顾他们。母亲却提出一个新的理由，说长茅岭的房子是小舅舅帮她建的，那是小舅舅留给她的念想，她要在那里住才对得起小舅舅的心意。想到两个舅舅，都是英年早逝（母亲兄弟姐妹五人，一个哥哥，一个弟弟，作为哥哥的大舅死于肺癌，作为弟弟的小舅死于肝癌），母亲也患有淋巴癌，满足她的愿望，也是做儿女的孝心，加上表弟积极承诺，愿意帮助姑妈满足心愿。表弟并不住在长茅岭，他也在外地工作，但毕竟是土生土长的本地人，他出面张罗个事，也算是有个依靠。这样一权衡，我便同意父母回到长茅岭养老了。

长茅岭的房子真要住人，显得简陋了些。既然同意父母在这里养老，就得考虑这里的居住条件。起初，我们想翻建一下房屋，母亲当然不同意，因为翻建了，就不是小舅舅盖的房子了。那时候，我们都处于小舅舅不幸病亡的悲伤情绪之中，母亲的理由不仅仅说服了我们，甚至是感动了我和表弟，我们遂决定保留原有建筑，对外观和内饰进行改造，两家一起进行，外观改造共同承担费用，内饰各家管各家。经过近一年的修修补补，原先两栋平常的农家小楼被改建成一座古色古香的新徽派院落，还装了中央空调。看起来居住条件可以了，拍照片给父母亲看，他们也喜欢得不得了，这就加速了他们回家养老的进程，不等改造工程完全竣工，他们就匆匆忙忙以回家祭祖的名义，于次年清明节前回到湖南，从此，他们就在新改建的房子里安营扎寨，转眼三年有余了。

现在，说起长茅岭的房子，我一般不再说外婆家、长茅岭，而是说"父母家"时多些。这几年，春节都在"父母家"过，今年春节，亦是。

故乡散记

回到父母身边

从武汉到长茅岭，原计划是坐火车到宜昌，然后由弟弟开车来接。火车两个小时，汽车两个小时。票是姐姐在北京就买好的，2月1日早上6点58分的火车车。公司规定，1月31日午饭过后即可离开公司进入假期。想到在武汉住一夜，次日得早起，公司的司机也得早起，无端地麻烦别人，没有必要。而从荆州到长茅岭，开车只需要1个多小时。这样，只需要解决从武汉到荆州的交通问题就可以了。

2月1日下午3点，我们从诺亚酒店出发，开车前往荆州，同时，弟弟从长茅岭出发，到荆州与我们会合。

荆州到长茅岭，有三个选择：一是荆州到澧县县城，然后去长茅岭；二是荆州到松滋，经万家乡、宜万乡，上湘北干线；三是荆州直接顺二广高速到复兴厂转湘北干线。这三种选择，最好走的其实是第三种，但我们那天选择了第二种方案。

我们是按导航给定的方案走的，又见到荆州到松滋是一条快速路：荆松快速路，被快速两个字误导了。结果，荆州到松滋就花了一个小时。松滋到宜万又花掉一个小时。等到达湘北干线，已接近晚上 7 点了。

后来，为了比较全部走湘北干线在复兴厂中转和在松滋中转的耗时差别，我们去药山寺时，重新走了一趟湘北干线，发现长茅岭到复兴厂只需要一个小时，而武汉到复兴厂，大约两个半小时即可。由此我们认定，长茅岭往武汉、北京方向，如果选用公路和铁路，最好的中转方案是经复兴厂转荆州而不是宜昌；如果选乘飞机，还是宜昌，因为荆州并没有机场。

其实，车到松滋后，还有一个选择，即不走万家、宜万一线，而走刘家场，这一线开车耗时大概和走万家、宜万差不多，但刘家场到边山河的路不是很好走。当然，荆州到松滋还可以选择高速，即到荆州后继续顺二广高速转岳宜高速，但到松滋后，无论是走刘家场还是万家、宜万，路况都不如湘北干线好。

据说，松滋有个计划，松滋县城到㳍水水库西北岸，会修一条快速路，这条快速路距离边山河，只有几公里路程，这可能是今后长茅岭往北出行最好的路线选择了。

我们用公路交通解决了回家的问题，空出两张车票，每张 100 多块钱，钱不多，但想到临近春节，很多人一票难求，姐姐要求我一定要退掉车票，我就委托同事专门办理此事。

姐姐从北京到武汉，起初买的机票，后来因为要买武汉到宜

故乡散记

昌的火车票，又改了主意，坐的是高铁。她在武汉站时，已经将两张去宜昌的车票取了票，不能在网上办理退票事宜了，必须去车站窗口办理，且必须出示本人身份证原件，结果，由于同事不能出示我们的身份证原件，票最终并没有退成。

用身份证才能乘车，是堵住票贩子倒票的手段，把好这一关，其实恶意控票就没有意义了，无论是否出票，网上、窗口，应都能办理退票，才是人性化管理。

姐姐知道两张票没有退掉，很有愧意。这是一种善心吧。

回到长茅岭，一路颠簸，我们都身疲力倦。然而，走进家门，室内冷如冰窖。壁炉烧着，但没有火力，烟雾一个劲地倒灌，呛得我们睁不开眼睛。姐姐拿出 PM2.5 测试仪，测出空气污染指数严重超标。母亲则抱怨壁炉坏了，烧不燃火。我鼓捣了半天，也没找到原因，但认定是烟道堵塞了，就吩咐帮助打理家务的表弟长喜次日检查一下烟道再说，遂干脆熄掉了壁炉。

忽然想起家里是有中央空调的，问怎么没开？母亲说舍不得电费，弄得我和姐姐哭笑不得。姐姐说，不是给了你电费吗？母亲就是说舍不得。

她说，她和父亲两个人，整天将中央空调开着，一天耗几百块钱的电费，肯定舍不得，但我们回来了，她是舍得的，她赶紧去开中央空调，不一会，屋里就暖和起来。

当初改造房屋时，本来准备装暖气的，但考虑到夏天也需要空调，就选择了冷暖两用的中央空调方案。为了照顾老人的烤火习惯，另外装了个壁炉，壁炉上有耐火玻璃，可以看见明火，也省柴，装在起居室，不仅是供暖的补充，也有围炉而坐的氛围，历经两个冬天，用起来还是蛮好的。显然，壁炉烧不起来，说明平时母亲根本就不用壁炉。这么冷的天气，他们不生火吗？

火还是生的。在东厢房，母亲自己装有一个多功能柴火炉，和起居室的壁炉相比，它没有壁炉漂亮，也看不见明火，但装有一个玻璃桌面，做饭、吃饭、烤火，都用得上，她喜欢用这种炉子。

东厢房很大，放了烤火炉的一间，有三十平方米，还有一间十几平方米的厨房，一间餐厅，摆着一张大圆桌，可以坐20人左右。

这栋东厢房原计划不是做这个用途的，设计时，我准备做成一套老人房，有书房、卧室、娱乐室、厕所、洗浴间、小厨房，方便父母日常起居。

父母从北京回来时，房屋主体改造工程刚完工，东厢房还来不及做。母亲心急，只听了我说个大概，就指挥匠人三下五除二按照她的想法将东厢房建成了。这样一来，问题就来了，主体房屋中冲南的房屋，一楼只有一间卧室，面积不大，摆上一张双人床后，就没什么空间了。二楼有大一些的房子，但老人住，上楼下楼，显然不合适。一楼起居室面积大，但朝向不好，也不适合老人居住。于是，一个原本为老人改造的工程却没有老人理想的卧室空间，最终他们挤在冲南的那个小间里，十分逼仄，是个遗憾。好在父母亲并不嫌窄，一副很满意的样子。

现在的东厢房也有好处，烤火房、厨房、餐厅都足够大，方

041

便家庭聚会，也方便待客。在农村，一桌饭，坐 20 个人，基本上三亲六眷都顾得上了。人再多，则可在烤火房摆放餐桌。

原本安顿老人的东厢房最终适合待客和聚会，不适合老人的日常起居，受场地局限，再做别的改造，几无可能，老人的日常起居就只好安排在主体建筑内。母亲建了东厢房后，日常起居等于有了两处场所，农村请保姆不易，这样一来，无形中就增加母亲打理家务的工作量。但东厢房母亲已经建了，拆掉重建她不同意，我和姐姐只好劝母亲平时不用东厢房，来人客了，当个待客的场所，也算没有白建。

我和姐姐的建议不是没有根据的。假使不考虑主体建筑一层卧室偏小的问题，主体建筑老人起居还是方便的，起居室可以烤火（安放壁炉就是出于这种考虑）、就餐（可摆放一张供 10 个人就餐的餐桌）、喝茶（有一个茶台），紧邻起居室的，则是厨房、厕所，起居室与客厅相连，加上父母居住的卧室，整个一层，也不能算不方便。

我们一直主张请保姆，父母亲回乡居住后，也断断续续地在用保姆，但在农村，找保姆很难。好在父母亲身体都还健朗，即使是母亲，罹患过癌症，也不影响料理家务。按母亲的说法，她和父亲两个人搞一口吃的并不难。一些买东买西的事，表弟长喜包揽了，雇得到保姆时，就由保姆来做饭，雇不到，他们自己也能做。然而，母亲两处场地都用，明显是加重了她做家务活的劳累程度。姐姐为此颇为不安，劝母亲，母亲则表现出一副一切都很满意的样子，不肯听从我和姐姐的建议。

姐姐睡了一宿，次日起来，决定将壁炉拆掉，换上母亲爱用的那种本地柴火炉。表弟长喜也来了，他检查壁炉的烟道，发现出烟口内侧有一个麻雀窝，枝枝草草将烟道堵了个严严实实，怪不得壁炉烧不燃，烟道被堵了，不拉风。掏掉麻雀窝后，壁炉就好了。即使这样，姐姐还是决定换掉壁炉，将壁炉改成母亲东厢房用的那种炉具。这种炉子散热比壁炉好，原本可以装在房屋中央，供十个人烤火、吃饭，但起居室的布局不允许这样放，仍然只能放在壁炉的位置，因此，只能坐6个人，但这完全满足父母日常所需，姐姐很满意，认为终于找到了说服母亲弃用东厢房的方案，母亲也同意弃用东厢房。随后几日，起居室就成为一家人的中心，节能炉加上中央空调，呆久了，甚至会有热得受不了的感觉。

我、姐姐、长喜几个人一起帮助母亲规划和整理厨房，这间厨房和东厢房的厨房各有一套厨具，但因为两个厨房都用，混在一起，真所谓物有所累，母亲常常是两头跑。经过我们清理后，两间厨房的物品各归原位，这样，平时父母亲不用东厢房就有了可能性。只是母亲做事的随意性大，两间厨房的用具倒来倒去，是避免不了的事情。

父亲心疼钱，看见拆下来的壁炉扔在后院，问我这个壁炉是不是全铁的，不知道收废品的人要不要？母亲一听就急了，说这还是个好炉子呢，哪能当废品卖？

父亲年龄大了之后，热衷于收废品、卖废品，平时的包装纸盒、废旧报纸，家里人是不能随便扔的，他都会一一收拾在一起，卖给收废品的人。在北京时他就热衷于此，回到湖南，还是这个习惯。

听说壁炉是好的，我们又换了个新炉子，父亲很不满意，直问母亲又花了多少冤枉钱。表弟长喜就说，不多，才200块。

父亲一听就笑了，他说，又骗我，200块，你心里想啊？

父亲对于买东买西很心疼钱的，因此，家里添置什么，价钱比较高时，家里人都说成是200块钱，起初他信以为真，后来就不相信了。

新炉子用上后，因为可以围在炉子边直接吃饭，父亲又满意了，说这个炉子比壁炉好。

我当初买壁炉，也是满足自己对于壁炉的好奇。壁炉外观漂亮，节能省柴，可以看见明火，密封特别好，这是优点。缺点是用途单一，价钱也贵。但外国人用壁炉纯粹是为了取暖，而中国人的炉具，赋予的功能要多一些，因为围炉而坐，还能炒菜做饭，可能更符合用惯传统火坑的中国人，至少是我老家那一带人们的生活习惯吧。

取暖的问题解决了，呆在家里，就有一种舒适感。姐姐想起去药山寺的事，要我再落实一下。这一天是我们回家的第二天，农历腊月二十八，公历2月2日，离大年三十，还有两天。

县城印象

　　那天，我们从药山寺到澧县，已经是下午 2 点了。没吃午饭，就找了家米粉店吃碗米粉饱肚子。平时 10 元一碗的米粉，这天变成 15 元一碗，每碗涨了 5 块钱。这似乎是天经地义的事情，节假日的澧县，没有什么不涨价的。按说，市场经济，随行就市，没什么可奇怪的，但即使你接受涨价，也可能不能取你所需，比如住店，大大小小的宾馆酒店，早在一个月前就预定出去了，一些好一点的餐饮场所，则变成了流水席，每一波规定两个小时，时间一到，对不起，客官，您走人吧，后面的客人还等着呢。

　　不知从什么时候起，我不大愿意在县城逗留了。县城的声色，与平常如我的一个家乡游子，显得格格不入。

　　如果不是从 2011 年起我从外乡回到澧县做不长不短的停留，澧县在我心中，是超越任何一个地域的。但在澧县住了 7 年之后，我就厌倦了。尤其是节假日，澧县县城，常常会将你的自尊心打击得七零八落。有人说，故乡是一个人身心的托养之所，一旦离别即会有割舍不掉的乡愁，而离别了就再难得回去，因为异乡的滋养会让你对于故乡生出比较来，这种比较，不是为难自己，就是为难故乡。

如果你在县城，没有任何关系，或者，不提前做好准备，节假日贸然回去，找个住的地方就很难。这缘于澧县人外出求生计的多，节假日回乡的也多。每逢清明、五一、十一、中秋、元旦、春节，澧县会忽然冒出多于平常好多倍的车辆、人流，大大小小的宾馆，可以说是人满为患。

澧县位于湖南西北部，与湖北公安、松滋接壤，从南北朝时期的梁朝起，一直就是州、府所在地，直到民国，才撤州置县。20世纪80年代，又分出一个津市市，可见，历史上，澧县在其所在的区域，当是不可小觑的。它有几个特点，一是人口规模大，至今还有93万人口，县城人口超过30万；其二处于中部地区通往西南地区的要地，地理位置重要，历史上曾经做过朝廷的直隶州，还是战乱时期重要的战场，明末清初的张献忠、李自成，都将这里做过根据地，李自成甚至直接就将他的十万大兵遣散在澧州大地。抗日战争时期，常德会战，狙击敌军实际上澧州是外围重要的阵地；其三是地形丰富，山地、丘陵、平原，各占三分之一，相应的，物产也比较丰富，曾经是国家重要的商品粮、商品棉、商品油基地。短板是交通不发达，2015年才开通高速公路，铁路在离县城30多公里的地方才有一个小站，农业产业做不出特色，工业则基本上没有可以拿得出手的支柱性产业，产值过亿元的企业找不到几家。这样的地域，经济却意外的活跃，就拿房地产来说，近十年来，其年开复工面积均在100万平方米以上，房价一直在湘西北地区的县级城市独占鳌头，目前住宅价格在6000元至7000元之间，而且一房难求。两家品牌房地产开发企业恒大、碧桂园在这里风生水起，本土一些房地产企业更是赚得盆满钵满。澧县经济之活跃，由此可见一斑。

应该说，以澧县的交通状况和产业规模，县城发展到这一步，当属不易。分析澧县的社会经济发展情状，不难发现，第三产业对县城的发展贡献颇大，其中又以餐饮业和旅店业为翘楚。奇怪的是，澧县流动人口规模并不大，那么，支撑澧县餐饮业和旅店业的，其实还是澧县人本身。假使这个观点成立，则澧县县城的发展未来更加可期。这是因为，澧县和津市市的合并已然呼之欲出，所谓"津澧融城"已经不是融不融的问题，而是哪个时间节点实现的事了。届时，融合后的澧县县城、津市市区作为环洞庭湖生态交际圈内与岳阳、益阳、常德、荆州等地级城市并列的五个节点城市之一，必将在国家层面更受重视。另外，多年来阻碍澧县社会经济发展的铁路交通状况也会因呼南高铁和荆常高铁跨境而过并在澧县设站而得以极大改善，澧县作为中原地区与西南地区交通咽喉的地缘优势将重新彰显，澧县城市建设将因此迎来更大的发展机遇。

不过，县城再好，我也没打算融入其中。我在乡下长大，喜欢的还是乡居生活。再过几年，我就该退休了，倘使不以北京为终老之地，我会选择回到澧县乡下养老。我不厌倦城市生活，选择在城里过日子，当然要以北京为首选，毕竟，我在这个城市，也混迹了三十多年。相较于县城，北京在我心理上的亲近感似乎更为真切一些，而相较于北京，澧县乡下，于我则显得更为踏实一些。

一把豌豆苗

昨夜做梦，梦见在一个坡地上，我躬着身子在掐豌豆尖，豌豆苗长得还很浅，我不知道掐多长合适，正犹豫间，手中竟然长出一团紫色的花来，原来是豌豆苗开花了，身前身后一时一片紫色，我赶紧向边上其他也在掐豌豆尖的人喊："豌豆苗都开花了，不能掐豌豆尖了，赶紧住手吧。"于是，人们三三两两地从豌豆苗间离开，将掐在手中的豌豆尖扔进一只竹篓里。这时，母亲出现了，她拎起满满一篓豌豆尖，开心地笑了。

我在母亲的微笑中醒来，窗外还是漆黑一团，看看手机，才不到六点呢。

昨晚睡得早，进房间就睡了，一觉睡到这时候，也算是睡够了。想想刚才的梦，觉得很有意思。它简直是正月初二我与母亲、姐姐以及几个亲戚一起在菜地里掐豌豆尖情景的再现，只是，当时豌豆苗并没有开花。

母亲在坡地上种了八垄豌豆，在大舅的坟地边上。正月初二，我们去给大舅上坟，之后，母亲提出要我们去掐豌豆尖。姐姐立即响应，我也兴致勃勃，我儿子则找了刚才装冲天炮的硬纸箱做容器。不成想豌豆苗都还只有一指长，叶片蓝得发白，根本掐不上手，和记忆中那些半尺长高、嫩绿嫩绿的豌豆苗相比，简直不忍下手。母亲却坚持要掐，说这种豌豆只有掐过了才肯长，而我并不信，因为我记忆里，开春之后，豌豆尖是从来都不让掐的。

豌豆是我们从小就熟悉的植物，生产队种，家里的自留地也种。但在集体化时代，生产队的作物，哪怕一片枯叶，也轻易沾染不得，当豌豆尖是个例外。我们那一带，并不怎么时兴吃豌豆尖，我们家受父亲的影响，偶尔会吃，到生产队的豌豆地里掐一些豌豆尖，左邻右舍并不反对。

豌豆尖做菜吃，川菜中很普遍，湖南人也吃，但喜欢吃的少。豌豆尖其实是有一股子土腥味的，不习惯的人，还真是不喜欢。我们家也不是常吃，一般是父亲从工作单位回来了，指挥我们掐一团篓回来，煮在腊肉汤里吃。川菜里还可以炒来吃，我记忆中，从小到大，从来不曾有过将豌豆尖炒了吃的做法，只晓得下在肉汤里吃，可见，习惯往往很顽固。

我们知道父亲爱吃豌豆尖，有一次从姑妈家拜年回来，经过一道山坡，见路边有一大片豌豆地，立即欢喜雀跃地去掐，父亲与我们在一路，他立即制止，并严厉批评我们的行为，我们却振振有词："豌豆苗掐了尖才肯长，不是您告诉我们的吗？这些豌豆苗都没掐过尖，长不出豌豆来，好可惜。我们这是帮人家的忙呢！"我们的狡辩父亲自然不买账："哪个请你帮忙了？说。"我们情知犯错了，赶紧扔了手中的豌豆尖，不再作声。父亲则板着脸，交给我们掐豌豆尖的常识，豌豆尖一般掐过之后会长得更好，当开春了就不能掐了，掐了，豌豆苗会结不出豌豆来。

　　我在母亲的豌豆地里费力地掐着豌豆苗，想起这些旧事，就问母亲豌豆尖到底开春了还能不能掐？她种的豌豆苗都这季节了怎么才长这么一点点？是不是种不好？母亲说，开春了确实是不能掐的，当开春只是一个时间点，豌豆尖能不能掐，还是要结合实际经验来。她说，去年她做过实验，这种豌种，开春前后苗都不高，等这次掐过了，豌豆苗就会飞长起来。我相信母亲说的话。她从北京回湖南后，周边的闲地，她没少种东西，收成都不错。她的话是值得相信的。

　　然而，豆苗确实是太浅了，掐了好几窝，才掐一小把豌豆尖。我人胖，躬身劳作，掐第二把时就气啜啜的，便推说豆苗太小，不好掐，不愿意掐了。这时，大舅的儿子、孙子来拜年，见我们在地里忙活，就一起帮助掐豌豆尖。我忽发奇想："带点豌豆苗到北京去，种在园子里，在北京就可以吃到自己种的豌豆尖了。"于是，我小心翼翼地扯了二十多棵豌豆苗，告诉母亲，我要带回北京去。母亲说："没得用的，豌豆苗哪有移栽的？都是一窝窝地种，要好多棵挤在一起，才长得好。"母亲的话提醒了我，我又多扯了一些豆苗。这时，几垄地都差不多掐尽了，各人的聚在一起，竟有满满一纸箱。

母亲是以教师的身份退休的，但她其实是个农民。小时候，外公外婆穷，母亲就一边读书，一边学着做农活。从学校毕业，她直接做了教师，这应该是她最幸福的一段日子。后来，就嫁给父亲，两个人不知怎么想的，竟做出个决定，母亲就响应当时的号召，到周家垭种田去了。好在因为做过教师，大队学校缺人，她又去做民办教师。同样是教书，公办教师几十块钱一个月，还有商品粮供应，可谓吃穿不愁，而民办教师每月只有5块钱的教书津贴，其余的就靠生产队补贴的工分。直到20世纪80年代，才以教龄超过二十年的资格转正。这一失一得之间，她的青春年华就在生怕被人剥夺民办教师资格中战战兢兢地过去了，就在靠评工分是随男劳力还是女劳力的争辩中过去了，就在公办教师下班后散步休闲时她却要回家砍柴种菜的日子中过去了。

有一个民办教师的母亲对于我们做小孩子的，不知道是好事还是坏事。我读中学时，有一阶段是走读。每天放学回家，母亲还在学校没回来，灶台上冷火虚烟，而同路的同学，回家揭开锅盖，一定有饭有菜。我5岁时开始自己做饭，很多人不相信，但我们周前所围的邻居是知道的，我现在厨艺还过得去，尤其是刀工，很像个专业厨师，都与很小就学做饭有关。虽然小时候不做饭长大了会做饭的人不少，但我从走入社会开始，身边的人就知道我会做饭，这是少年功夫啊。

小时候家里的自留地，除了种菜之外，还要种庄稼，小麦、玉米、高粱、荞麦、红薯，但凡别人家在种的，我们家也得种，那是口粮的一份补贴，种好了，一家人多吃几顿，种不好，就要多饿肚子。这些地，都是母亲一个人种。那些地多在山坡上，挖地、锄草，已经很辛苦了，还要担粪、担水，有了收成，也是一担担由她一个人挑回家。我不知道年轻时的母亲为什么有那么大的力气，她个头不高，一米六几的人，干起活来，硬是抵得过一个男劳力。

掐完豌豆尖，回到家，弟弟在洗萝卜。一篮子萝卜，只有四只，每只都好几斤重。这是母亲种的萝卜，表弟李绍斌曾经称过一只，有七斤半重。我的天，这是什么萝卜啊？一只冬瓜也不过如此。这种萝卜很好吃，皮薄肉脆，水分还多，直接切了当水果吃，都是很爽口的，切成丝，炒出来味道也很好。这是母亲预备让我和姐姐带回北京的。我没带，怕行李超重，但姐姐还是带了一只。此前母亲给姐姐寄过一次，几只萝卜花了一百多块的托运费。小舅妈在一边感叹："真是萝卜盘成肉价钱，为几斤萝卜的花费，可以砍几斤肉了。"她笑母亲，但自己给长沙的儿子捎东西，也是不计成本的，她儿子表示喜欢吃老家的鸡，她就现宰了两只，放在我弟弟的车上，要我弟弟无论如何给她儿子带去。

夜晚，我们姐弟三个在一起拉家常，说起母亲的乡下生活，我们觉得，种菜，多少对母亲还是有益的。她是闲不住的人，只要一坐下来，便处于小眯状态，半睡半醒，若是成天这个样子，未必就对身体好。我们也隐约看出了，种菜带给母亲的成就感，这就是：她种的菜，都是环保的。她从不使用化肥，也不打农药。

她不知从哪里学来的土办法，居然种什么得什么，实在不是一件容易的事。

从种菜这件事上，可以看出母亲的霸蛮精神。春节闲坐在一起，很容易就想起先前的许多春节来。有一年的春节，公社在我们大队新开的煤矿因为公路还没有修通，需要将挖出的煤炭转运出去，一时间，家家户户兴起一种叫"挑脚"的副业来。初四开门红，挑脚的队伍就在山路上蜿蜒。母亲带着我和弟弟去挑脚，我和弟弟不争气，挑到半路，怎么都走不动了，母亲就让我们将煤炭装进她的担子里，那是180斤重的担子啊。挑脚的山路是一上一下两道陡坡，单程十几里，母亲居然可以挑那么重的担子而不服输（发脚时称重，落脚时也复秤的）。说实话，挑脚的事我是记得的，但母亲挑180斤担子的事我是真忘了，弟弟坚持说有这么回事，我又相信弟弟的记忆不会错。母亲是个霸得蛮的人，她在两个儿子挑不动那两担煤时，霸一下蛮，很符合她的做事风格。我不知道那一趟能赚多少钱，也不知道挑脚是谁的主意，但挑脚这件事我是记得的。我记得年少时代的很多不容易。

豌豆成熟后，可以炒来吃，用油砂或者盐，都可以炒，那是我们小时候最容易获得的零食。也用它来做豆瓣酱，用石磨磨成粗粗的小块，最好是磨成两瓣，煮熟、晾干水分，用黄荆条沤出霉丝来，晒干，就成了做酱的半成品。这种半成品可以直接放在烧肉的蒸碗里蒸着吃，也可以和着肉炒来吃，但更多时候是做成酱品，一般带点儿酸味的好吃一些。

豌豆直接磨成面，做成豌豆糊，也不难吃，但撑肚子，一不小心就导致肚皮发胀，一发胀就胀气，于是，屁股底下就像放炮仗似的，不时响个不停。北京的豌豆黄是很好吃的食品，重庆的荣昌也以出产豌豆黄闻名，却少见我们这一带有做豌豆黄的。

豌豆开花的时候很好看，有白色的、粉色的、玫瑰色的，很多种，紫色更是常见。昨晚，我梦见豌豆开花，还以豌豆开花为由，让豌豆地里掐豌豆尖的人不要掐了，其实是对那一天我懒于掐豌豆尖事件的心理补偿。梦真是很奇妙的产物，用开花来帮我找借口，是最恰当不过了，因为豌豆都开花了，你还掐它的尖，不是不让长豌豆了吗？

可是，为什么是紫色的花呢？紫色代表忧虑、神秘，也代表幸运、富贵，我想，应该是后者吧，与母亲同时出现的色彩，一定是幸运的、富贵的。

我扯的那一把豌豆苗次日我就带回了北京，栽在两个木盒子里，有十好几窝。帮忙栽这些豆苗的，是家里的小时工，她说她没种过豌豆，不认得豌豆苗，但稀奇的是，她是按窝按窝栽的，每一窝都在三棵以上……

去外婆家的路

从周家垭到长茅岭，说的是十四五里路。十四五里这种说法，小时候很是折磨了我一阵子，到底是十四里还是十五里？我们那一带，说到数字，都是这么个说法。我就奇怪了，问一个人多大年纪，假使对方的回答是"十七八岁"，那么，是十七岁呢还是十八岁？不知怎么我从来没把这个疑问提出来和父母讨论过，就那么想啊想啊，终于自作聪明给了一个结论：凡是这么说的，都是以后面的数字为准。我几岁时，当别人问我年纪有多大，我就会说"八九岁"一类，俨然一个小大人。同龄孩子可能会直白地几岁就答几岁，我却要搞得这么复杂。

十四五里的路程，说起来不算远，但小时候真的觉得那是一段遥远的距离。这一头，是我家，周家村周家屋场，那一头，是外婆家，那个叫长茅岭的地方。

记忆中，我们去外婆家并不多，每年一到两次。春节拜年是一定要去的，平时就是暑假了。

我们家走亲戚，通常就是两个地方，一个外婆家，一个姑妈家，并且是先去姑妈家，再去外婆家。父亲很在意姑妈，去姑妈家，他都会陪着，去外婆家，就很少。在我看来，父亲的行为有些古怪，他不爱走亲戚，他承认的亲戚似乎只有姑妈一家，弄得我从小就以为我们家亲戚少。父亲的这种行为，也带给我们很多遗憾。比如，他有母亲、有同母异父的哥哥和弟弟，还有妹妹，但他都不认，只认我们习惯叫姑妈的他的同父异母的姐姐。爷爷是在我五岁时去世的，他走的时候，我算是知了一点世事，认识到人到了一定的年纪就会死掉。有爷爷也就会有奶奶，但我们没见着，我就想当然奶奶也是死掉了的。直到我读中学时，才知道奶奶在离我们家不是很远的地方，死了还没几年。就是说，我和这个奶奶在世间还是有交集的，只不过父亲因为他的原因不认这个奶奶，导致我找不到有奶奶的那种感觉，当羡慕别人家的孩子被奶奶呵护时，一种天生我就没有奶奶的遗憾充斥心间，让我少了一种人生体验而多了另外的一种人生体验。

春节时，我们去给爷爷上坟，姐姐突然冒出一句：我们长好大时"爹爹"（方言，指奶奶）都还在，你晓得不？

我晓得的。

我也晓得。听得出，姐姐的答话里，也充满了遗憾。

父亲还有一个同母异父的弟弟在，我们计划去给他拜年。父亲年纪大了之后，和这个弟弟有所往来，听说我们要去给他的弟弟拜年，他还是很高兴的。最终我们没去成，春节在家时间短，

故乡散记

况且我们不知道去那个叔叔家的路，要父亲带路才可以。父亲说："唉，那么远，我已经坐不了那么远的车了。"他91岁了，的确折腾不动了，他还有一个意思，就是他是长兄，应该叔叔家的孩子先来拜年，我们再去，才成体统，但显然，叔叔家的孩子，与我们是陌生的，他们来的可能性小。父亲表达出叔叔家的孩子应该先来，似乎也透露了几十年他和他的同母异父的哥哥、弟弟、妹妹少有联系的因由。彼此都有些矜持，但彼此似乎都在内心为对方留着位置，至少他是这样。

我们家亲戚其实并不少，父亲这一边，母亲那一边，近年都有所走动。但小时候，过年时"走人家"，几乎雷打不动只去姑妈家和外婆家。一般正月初二去姑妈家，住一晚，初三回来，初四去外婆家，也是住一晚，然后就回复到正常的日子了。去姑妈家是全家人，去外婆家就少了父亲，我记得他是初四必须去上班的，美其名曰开门红。他工作单位甘溪滩、外婆家和我家呈三角形分布，甘溪滩和外婆家是个大方向，因此，有些年我们是和父亲一起走到汤家坪，然后，父亲去甘溪滩，我们去外婆家。

其实，与父亲一起走亲戚的年份并不多，很多年春节，他都是要在单位值班的。

从我们家到外婆家，首先要横穿整个周家村。我们是八队，走出家门，先上垭上，这是八队和七队分界的地方，所谓周家垭，指的就是这个地方。站在垭上，看八队，一览无余，车转身再看七队，也是一览无余。垭上地势高，谁家来了客人，或者谁家有人长期外出再回来，只要一出现在垭上，必然有人报信："某某某，你姨来了"、"某某某，你父亲回来了"，整个一个屋场，都会因为这句报信的话而热闹一阵子。客人要回去，家人要出远门，则是站在屋门口望老远，直到背影消失，才算送人完毕。小舅舅当兵那年，换了军装到我们家来，英姿飒爽，他离开的时候，母亲领着我们几个孩子，在门口目送他远去。他那一身军装是我们那个时代极其令人羡慕的，而小舅舅走过田坎后转弯拐入大路那个斜垮着肩膀的姿势，就一直留在我的记忆里，那真是个潇洒的姿势呢。我曾经在那个拐弯处学过，怎么学都觉得不大像。

走过七队，进入六队，要经过大队部。这里有代销店、医疗室、铁匠铺，然后是碾米房、油榨房，还有大队礼堂。这是我们十分熟悉的地方，尤其是铁匠铺。我们没事的时候，喜欢去铁匠铺看打铁，铁锤叮叮当当，一锤落下，溅出满屋的火花，特别神奇。但春节的时候，只有代销店会开门，其他都是铁将军把门，因此就显得特别冷清。

转过大队部之后，要经过陈家、李家、杨家几户人家的门口，然后开始上山，爬田家垭。这一段荒无人迹，要翻过垭之后，才看得见远远的有一些人家，这是三队与六队的交界处。三队我们不叫它三队，叫官闸坪，确实是很大的一片平地，走完这个坪，要一袋烟的功夫。然后，就走到大队的茶厂，这是二队的地界。再往前走，直走到黄荆垭坡下，属于一队。

黄荆垭其实是一座山梁，两面的坡都很长、很陡，没个正经路可走，总是坑坑洼洼的，因为凡是经常走路的地方，一下雨，雨水在上面就流得快，容易把路面冲坏。这里比田家垭更荒凉。每每走到这里，就会想起一个叫"杨芝法"的人，他是我们那一带传说中的土匪，在黄荆垭一带，杀过很多过路的人。所以，说起杨芝法，脊梁就发凉。爬坡那么辛苦，跑在前头的人却不会忘记恶作剧，一句"杨芝法来了"，落后的人就忙不迭地紧走几步，那纯粹是一种本能的反应。等都爬上垭顶，一家老小都是满头大汗，然而，路也走了三分之一了，这就十分鼓舞人心。因此，一般不会休息。

上垭难，下垭也难。要是雨雪天气，下坡很容易打滑。这是去外婆家最费力气的一段路，也是经常被小姨妈和小舅舅挂在口头表明他们为带我们几个外甥吃过苦头的路。我们还不能走路时，母亲去外婆家，外公都会打发小姨妈、小舅舅来接，用一担箩筐，一边放一个孩子，挑来挑去。小姨妈说，那时候，她最怕的就是外公吩咐她去接我们，我们一个个长得肉球球的，可没少让她吃苦。

小时候我应该是很胖的，就像现在我也很胖一样。小姨妈说这些时，我在上中学吧，骨瘦如柴，我怎么也不相信我曾经是个小胖墩呢。搁现在，我当然是信了。

肥胖与小时候的关系，我相信还是有一点的。以我现在的胖态，我会知趣地想象小时候我那副胖模样。我还想起一个可以证明我小时候胖的证据，不是照片，而是一个诨名："洋猪仔"。洋猪比土猪个大，肉肥，还很能吃食，既然用它当我的诨名，我能不是胖的吗？

走下黄荆垭，之后的路，有很长一段就比较好了。先是老母寨（又做老木寨），再进龙灯峪，即是汤家坪了。龙灯峪只有几百米长，两边悬崖壁立，峪中只一条路、一条小河。路是石板路，已经被磨得溜光浑圆了，显得古老而雅致，出峪口时，是一潭清水，趴在岩壁下，岩壁上似乎有洞。这个地方，令人遐想。那时候流行电影《林海雪原》，是剿匪的故事。我就想，座山雕要是在这水潭边挖个洞，从水潭进出，恐怕没人找得到他。山上的枞树林也很密，黑压压地盘在岩壁上，增加了峪口的险峻。现在这个地方变成了一座水库，那些岩壁和峪谷都埋身在水库里。水库蓄水不多，吃过水的地方裸露出来，显得格外的芜杂。姐姐说，这个地方她印象最深了，她觉得那是她见过的最漂亮的风景，是一个她觉得迷幻的地方。说这话时，我们开车从龙灯峪一侧的山间公路经过，我想停住车，看看这个地方，但后面有车跟得很紧，路面又窄，根本没有错车的地方，只好一路开下去，不一会，龙灯峪就被抛在脑后了。

车过涔河时，我的眼前幻化的是这样一幅场景：一道清亮的河水在前方远远地流过，两边是大片的布满卵石的河滩，河中间，是用大一些的鹅卵石搭成的路墩，行人过河，就踩着这些路墩过来过去。这里河滩干净，可以席地而坐，还可以掬起一捧水洗把脸，是人们来来往往歇脚的好地方。

不知为什么，那大片的河滩现在没有了，竟然全部变为农田，

故乡散记

河水也变得很窄，简直就是一条小河沟了，曾几何时，它是那么宽广，那么富有气势，也是我们真正称之为河的地方。山里，小河小沟多，但一般都不称河，而称沟或者溪，只有到了这里，才知道是河了。实际上，它也是真正的一条河，澧水最大支流涔水河的右源。记得离这个地方不远，是河道的拐弯处，有一道深潭，感觉那是深不见底的地方，现在望去，也不过尔尔了。

过河之后，左边是古堰头，右边是三元。三元往下，就是当时的金山公社所在地，现在金山已经更名为火连坡。从火连坡，顺S302省道，开车去长茅岭，只是几分钟的事。但步行，这样走，就绕道了，须在三元继续往北抄小道走，跨过S302省道，直插长茅岭。这一段路我已多年没有走过，在三元哪个地方分路，我也弄不清了。按说现在通村公路发达，这一段路也许早变成通村公路了，若是，则周家垭到长茅岭，行程更近，耗时也会更少。

不要以为站在S302路上，就到外婆家了。对面是外婆家，不错，但公路与外婆家之间，是一片低洼地带，"望山走死人"，好不容易走过那一片洼地，接着就是一道山坡，林深树密，路陡坡长，简直是对我们体力和意志力的最后挑战。那时山坡上长满了大树，茅草也很深，只有一条弯弯曲曲的土路可走，白天一个人经过，还有些阴森可怕。好在坡底下那条小河有些意思，河不大，水流清亮，在过河的地方，河水陡然跌下，形成一道小瀑布，让我从小就知道瀑布是什么模样。河边山脚下，还有一户人家，似乎那家有过水车，很大的一个木轮子，在河边慢悠悠地转动，哗哗的河水就这样被提上来，流进一道水沟里，流向那户人家。这样的装置，小时候我在很多地方见到过，一般是轧棉花或者碾米用的。我读沈从文的散文，读到他写碾房的段落，我就会想起这里，那是我记忆深处一幅美好的画面。这户人家有两棵柚子树，柚子是红瓤的，熟透之后，酸酸甜甜，很好吃，我参加工作后，去外婆家，外婆还帮我去这家讨过柚子吃。

现在，这道山坡已改为桔园，满坡种着不到一人高的桔子树。我很奇怪，记忆中高而陡的一道山坡，改为桔园后就并不显得那么陡了。山坡上，斜斜地修了一条马路，直抵河边，看起来并不长。但明显地，这样的路要好走多了，唉，小时候，要是有这么好的路可走，那该是多么幸福啊。

山坡是我们曾经的畏途，但也带给我永远温馨的记忆。每每从外婆家返程，外婆就在坡顶望着我们，我们走下山坡，因为坡上多树，自然是见不到外婆的人影的，但走过小河，就依稀见得到外婆还站在坡顶，我们走到公路边，她还在，直到越过公路，走进路边的山林里，我们知道，外婆还会在的。那是我们真正和外婆再见的地方，我们挥手，挥手，然后一转弯，就融入无边的林丛之中，一根接一根的枞树、栗树，淹没了我们的身影，而外婆和外婆站立的那个坡顶，也一下子消失不见了。

十多年前，龙应台的《目送》在大陆印行，我就想起外婆目送我们的情景。我一直想写一篇关于目送的文章，却遗憾自己没有龙应台的手笔，写不出那种目送的情状来。我在我的一篇叫做

故乡散记

《走亲戚》的散文里写到过外婆目送我们的场景，略略白描几笔。我实在缺乏细腻的心理表达，写不出目送者和被目送者各自别样的感受来。

外婆在世时，经常会到我家来。我们家没有老人，母亲暑假要办学习班时，外婆就得来照顾我们。有时候，有点什么好吃的，她也会送过来。记得外婆家曾经有一棵桃子树，并不大，结的果实也并不多，但桃子熟了，她会用个竹篮子，拎一些到我们家来。外婆是裹过脚的人，不能走快路，也不适宜长途步行，如此崎岖的路，她一辈子，走得最多的，恐怕就是这一条了。

另一个走得最多的人，应该是母亲了。她心疼外婆，常常给外婆送点需要的东西过去。但在学校教书，一个人负责一个年级，白天是没时间跑路的，只有放学后，慌急火急把东西送过去，喝杯茶，又慌急火急赶回来。回来时，天很晚了，那些个荒无人烟的地方，她居然有胆量一个人走过，不得不佩服她的那份孝心和胆量。

从周家垭到长茅岭，现在全部修通了公路，开车一般二十多分钟就够了。可惜，外婆去世也三十多年了，不用辛苦走路的日子她是想都想象不到的，那是那个时代的辛苦，她生在那个时代，生不逢时啊。

红岩村聚会记

"拜年啦！拜年啦！"我跟随刘鲜日，走进红岩村的一座农家小院。

这是我第二次到红岩村。

第一次，是去年中秋节，我去石门县三圣乡与北影集团的丁盛副总裁会面，经过红岩村时，知道是刘鲜日的老家所在地，就给他发了个微信地址，表明我到过他的家乡。刘鲜日是我中学同学，又同在北京几十年，算得是"同乡、同学、知心朋友"了，即便只是经过他的老家，也有亲切感。

正月初一，几个老同学相约在红岩村一聚。张罗者是刘鲜日的堂弟，也在北京工作多年的刘显全。

俗话说，"初一不出门，初二拜丈人"，大年初一一般只是至亲好友之间走动，类似串门的聚会是不相宜的，但也正因为初一上门拜年的少，大家也才有机会抽身。在外工作的人回到老家过年，总有亲朋好友相邀聚会，若是人家专门来看望你，你却跑掉了，多不合适？所以，显全选这么个日子，也是用心。

从父母家到红岩村，开车半个小时。导航将我们引导到一家挂着"刘显红商店"牌子的店铺门口，提示我们到达目的地了。

我们走的是洞市到三圣乡的县道，这是进出红岩村最好走的一条路，另外还有一条经遇儿坪的通村公路可以进出，但路窄，不是好的选择。现在农村交通是真的发达了，即使是通村公路，也是水泥路面，农村的道路建设，还是值得一赞的。

我们停车的地方，是红岩村村部，公路两边都建了房子，绵延一两里，有点乡村集市的感觉。

刘鲜日开车出来接我们。从洞市往三圣方向，在红岩村部右侧，顺着水泥路进去，是我们称为"冲"的地形，山都不是很高，一般两山相夹，夹出一溜长条形的洼地，层层叠叠，上高下低，整体看上去，成为梯田，田随山形蜿蜒，地势开阔一点的地方，一般用来就建了房子，其他的，就成为水田、旱地。公路将冲从中劈开，到一座小桥边，转弯右行，到一户人家门口，左拐，然后顺着山脚，往冲的最里端蜿蜒，越过十几坵田土后，转向左边山脚，道路尽头，即是鲜日家。

两栋两间两层的楼房，连为一体，门口是一个不大的水泥坪，但也足够停六七辆汽车。房屋依山而建，背后是青山，前面是一口水塘。房屋与水塘之间，原本是坡地，便用水泥，采取吊脚楼的方式，倒出一个场坪来，这么说，水泥坪实际上是个只有一层的吊脚楼。水泥坪的外侧装了栏杆，围合在一起，形成一个院落，但栏杆高了一些，有些遮挡视线，以至于门前的水塘，站在水泥坪上不能尽收眼底。

有山、有水，风景不错。风水大约也是好的。"左青龙、右白虎，前朱雀、后玄武"，这是农村住宅基本的风水要素。"背有靠山，出口开阔，起于高台，避其风口"，也很合。风水是民间的习惯，有严格的规范，看起来神秘，实际上规范的是人与自然的关系。视野开阔、通风良好，总是对身心健康有利。

房屋的外观很平常，是我们那一带常见的样式，火柴盒式的外观，外墙上贴着白色的马赛克。我们那一带，农家建房都是这种样式，不知道这种样式最先的起源来自哪里，这种缺乏美学表达的建筑外观实在是农村住房告别土坯房进入钢筋水泥时代的些许遗憾。

但室内很整洁。

这是刘鲜日的祖宅所在地，祖宅已经不复存在。鲜日父母过世后，祖宅就转到刘显全的父母手上。现在的房屋是刘显全父母修建的，偌大两座房屋，平时就只住刘显全父母两人。

我到达的时候，汪从飞、彭世菊和彭仕东已先到了，他们坐在门口的茶桌前喝茶。阳光很好，暖融融地照在院子里，一派祥和。刘鲜日带着儿子回老家过年，彭仕东也带着儿子，两个下一代人高马大，碰到一起，无忧无虑地用手机对着玩游戏。想到我们这一代正是他们这个年纪相逢在一起，为跳出农门殚精竭虑，即使是过年，也少有他们这样轻松玩乐的欢快，就觉得他们这一代人比我们幸福和幸运得多。刘显全的孩子小一些，显然和两个大哥哥不搭伴，他躲在显全的房车上单独一个人玩。

吃过饭，几个人围在一起打麻将，我陪刘显全的父亲聊天，偶尔，他母亲也参与进来聊几句。刘父七十多岁，看上去很健朗。刘母身体不大好，背有些佝偻。儿子、媳妇、孙子回家过节，这是他们最开心的事情。鲜日是他们的侄子，回来过春节的时候少，这次回来了，更是难得。两老和我说起刘鲜日与他们的关系，他们都是一个老爷爷的人，至鲜日这一辈，才四代。就是说，鲜日、显全的爷爷是亲兄弟，他则是鲜日的堂叔。

话题很快转到农村的变化。老人直夸邓大人好，认为现在的一切，都是"邓大人"带来的。就回忆起那些出集体工、吃不饱饭的年代。他说，显全才一岁多的时候，家里经常是吃了上顿没下顿，一家人靠工分吃饭。生产队孩子多，为了让孩子有饭吃，采取"四六"分配政策，100斤粮食，大人分40斤，孩子可分60斤，这样，就造成了孩子多的人家分得的粮食多，而孩子少的人家分得就少，但劳力每家是一样的，都是两个大人出工。他们家孩子少，吃亏不少。青黄不接的时候，只好饿肚子。有几次，出工回来，家里没粮食了，没做饭，只好饿着肚子，背起锄头又去出工。这样的情况，一直到分田到户才改观。老人至今还种着几亩田，包括他们家的土地，还有鲜日家过去分的土地，都是他在种。鲜日家的土地，自从他母亲去世后，就应该交出去，但没人种，荒在那里，他舍不得，就继续种着，却拿不到补贴。

"不给就不给吧，反正种下去得的东西是我的，不用交农业税，也不用交公粮。"

"我交过公粮。那不是人干的活。排一天队，还不一定交得出去。"

"我婆婆去交公粮，男劳力挑 100 斤，她也得挑 100 斤，不然就拿不到同样的工分。你看她的背，就是那时候挑担子压弯的。"老人说的婆婆，指的是显全的母亲。"人整人，整死人。那时候粮店的人可不地道了，看你不顺眼，就是不帮你验收。"老头子一定是想起了过去的委屈，有些愤愤不平起来。

"我那时十多岁，跟着大人去交粮，一担麦子，大清早就开始排队，硬是天要黑了才交脱。"我说的是真事。自留地种的麦子，要换钱，只能交到粮店里去。

"这个哥哥，也是过到过苦日子的人。"显全的母亲在一旁插话。

"他们这个年纪的，都差不多。我们家鲜日，那么小，他父亲带着他帮我们插秧，他怕蚂蟥，就将裤脚扎起来，直接踩进泥巴里。一天下来，全身都是湿的。"

我们就这样漫无边际地聊着，像是忆苦思甜。

不时有客人来拜年。"嘟嘟嘟"，一辆摩托车轧进小院来，是一对母女。母亲是显全的表亲吧，她初四要回到长沙上班。她是来找显全帮忙弄车票的。春节才开始，年轻人就计划着返城了。

老人问我："您啊家什么时候回去？"他说的回去，指的是返城。

故乡散记

我说："初三。"

"那么早啊。一年也就热闹这么几天，您回来怎么不多呆几天？"

"人家到城里没事啊？哪里有你们这些老的清闲？"显全就坐在我的旁边，帮我答话。

"老子种这么多地，咯忙死，你还说我清闲。没得一点良心。"

"叔叔，他跟您开玩笑呢。您年纪大了，就少干点农活了。显全又不是养不起你们。"

"那是。他孝心好，给我们的钱不少。可是，我们哪里闲得住呢？"

鲜日和另外几个同学在二楼打牌。眼看时间不早了，我张罗着起身，冲楼上喊："楼上的掷个骰子，再打几盘作数。要回家啦。"

楼上传过来响应的声音。不一会，牌局就散了。大家彼此告别之后，各自开车回程。经过红岩村村部时，马路上的车比上午明显多了，一辆接着一辆，行动有些缓慢，比北京二环堵车时快不了多少。看来，传说中的农村也堵车，确实不假。

返程时，途经两河村，我顺道去了住在两河的陈峰家。陈峰的父亲陈德斌老师是我中学时的语文老师，又是我同族兄弟周明侠的堂舅，前几年去世。他的夫人翟老师，我跟着明侠叫舅娘。我去给她拜年，虽不是刻意的，但记得她在澧县七中开包子铺时，我去买包子，一定会得到她的优惠。而陈峰兄弟也一直叫我"继志哥"，不是亲戚，胜似亲戚。翟老师70多岁，收拾得周周至至，是个蛮精致的老太太。翟老师与母亲的经历类似，都是长期做民办教师、丈夫在外地工作、身边拉扯一群孩子。她吃过的苦，与母亲吃过的苦，应该是一样多的。我对那个时代做过民办教师的女人，满怀敬意。

故乡散记

给爷爷上坟

爷爷在我的记忆中，是一件黑色的棉大衣和一个
高高大大的黑影，以及他种在屋西头的一窝峨眉豆，
还有打拱，以及一个"海爹"的名号。爷爷去世时，
我还没有上学吧，但那天的情景历历在目。爷爷是早
上去世的，隔壁的"幺佬儿"帮他洗澡、妆敛，母亲
则端了一筛子黄豆，请几个婶娘帮忙打豆腐。

老人去世，我们那里的讳语是"某某老了"或者"某
某走了"，把办丧事说成吃馇渣饭。馇渣，指磨完豆
腐后滤出的黄豆碎末。有了豆腐和馇渣，厨房里就不
怕做不出饭来。我不知道办丧事打豆腐是否是必须，
但从吃馇渣饭这种说法推测，打一作豆腐，对于一场
丧事，应该是被人们看得很重要的。母亲在哭哭啼啼
中，第一件事是求人打豆腐，我印象是深刻的。

小时候我们那一屋场，住着七八户人家，老少三
代，都是没出五服的一家人，叔辈在外工作的多，留
在家里的，则帮一屋场人做许多体力活；一群婶娘和

几个老人，带着十几二十个孩子，谁家有什么事，都拢在一起，彼此帮衬，是这个屋场最兴旺的年代。房屋是爷爷的爷爷留下的，四套正屋连为一排，东西两侧各有养猪场和作坊。正屋有两间一套的，也有三间一套，前面是宽大的屋檐，可以在屋檐下摆酒席，后面是倒厝房，做厨房用。那个叫兴怀的人，实在了不起，一个人可以盖这么大一栋房子。他为他和他的儿子、孙子、重孙、玄孙整整五代人提供了不错的居所，儿孙满堂，对于他来说，真可谓恰如其分。

我这一代，是周兴怀的玄孙，有四十多人居多，但在这个屋场长大的，只有二十多个。这个屋场是中国社会由传统农耕社会走向工业社会的一个缩影。我们这一代，是分水岭。如果说，父亲一代还属于农耕之家的话，我们这一代则是告别农耕之家的一代。现在，我们这一代在老屋居住的，已经一个人都没有了，原先的老屋也拆分成几栋单独的居所，住着三两个不愿意随儿女进城的老人。

大年三十下午，我们去给爷爷上坟之后，带着儿子去看老屋场。我弟弟站在公路上，指着掩映在树木丛中的老屋位置指指点点，但儿子是一脸的茫然。他长到接近三十岁，只一次到过老屋，他不过是老屋的过客，不会对老屋有什么割舍不掉的感情。

现在乡愁两个字用得多，人们常常将乡情与乡愁混用，其实是没有道理的。

我儿子一代，没住过老家的屋，对老家的山水树木几无接触，对老家的生活习俗也缺乏了解，他的乡愁源于哪里呢？但他可能对这个地方有感情，会在心里对这个地方有牵绊，但不会有乡愁的。乡愁是一个地域的种种物事遗落到时光深处后引发的人们内心的遗憾、失落、追忆等等的情绪和感受，它有明确指向，又模糊到无处触摸。

我们这一代，很多人在城市里漂泊，在老家，其实也是漂泊者。很多在农村长大，挤进城市讨生活的人，他们在农村没有土地，没有房屋，有的仅仅是走出农村前留在记忆深处的抹不去的记忆。这可能是乡愁常常被提及的主要原因。人们愁的不是情，愁的是那些与物相连接的一切，物的乡愁首当其冲，其次才是人与事。

乡愁泛滥，背景是农耕社会渐行渐远，城市化越来越多地主宰着人们的日常生活。把这句话说得明白一点：就是住在农村里的人口少了，做农活的人少了，人们大都跑到城里过日子去了。

这是农村的现状。

我们在给爷爷上坟时，青平过来帮忙。他是我这一辈的同族兄弟，虽多年不见面，碰见了，总还有一份客套在。他的房屋，建在我爷爷坟地的边上，我们上坟时，鞭炮一点，浓厚的硝烟弥漫在他屋子周围，我向他表示歉意。他不觉得有什么，"都是个人屋里的兄弟，你说这些话干什么"，彼此面子上都过得去。他平时在县城跑运输，老婆也在县城，有一个女儿，在深圳工作，现在已经结婚，并且有了外孙。他这一栋房屋，平时是空着的。春节，是这一栋房子一年中最热闹的几天。他们夫妇回来了，女儿回来了，带着女婿和外孙。像他这种情况，老家有不少。

城里有房子、有生意，农村也有房子，有土地，这是当初那些渴望跳出农门而有所迟疑的一群人意想不到的结果。"农转非"曾是城镇化的前奏，既然农转非，属于农村的土地就必须放弃，包括宅基地，很多人就这样失去了与农村保持联系的唯一纽带，成为故乡的漂泊者。我说土地是与农村保持联系的重要的甚至是唯一的纽带，因为在农村，没有属于你的土地，你就没法建房，没法种地，农村对城里人把土地这一扇门关得紧紧的。城乡差别，从我懂事起就知道那是一条无法逾越的鸿沟，现在，在城镇化进程中，它依然存在，而且，它的存在，基本上是人为导致的。

青平们因为土地，保持了他们与农村的连接，传承着农村里的生活。但是，青平的土地他的女儿是否可以继承？我知道，他女儿在深圳多年，在一家不错的幼儿园当老师，上个深圳户口是没有问题的。一个有城镇户口的人能否继承农村的宅基地、承包地？有关部门至今还将城镇户口与农村宅基地截然对立，我不知道今后的农村要交到谁的手上，尤其是那些偏远、落后的农村，谁去留守？中国可是持续进行了30多年"只生一个好"生育制度的国家，而独生子女，几乎都聚集在城镇，并且，大部分人都拥有城镇户口，这一代人去继承农村的房屋和土地，存在着法律上的障碍，至于对乡土的陌生，对农活的不熟悉以及城市生活的便利与乡村生活的不便利或者其他种种，必将使得独生子女这一代在传承农村生活方式上成为无所适从的选择者。据说人工智能可

故乡散记

能在农业生产上解决土地无人耕种的问题，但广袤的乡村谁去居住，怕是一个长期的难题。

我们周氏一族原籍江西，从我这一代起，上溯二十四代，我的先祖居住在袁州府大夼山下一个叫竹牌巷袁家屋场的地方。那是明朝末年，朝廷发起的移民运动波及那个名叫周启的先祖，他不得不从老家搬出，在邻近老屋的湖北崇阳县一个叫马头畈的地方落脚。他应该是有些实力的人，被迫搬家但又不远离故土，百年之后，还可以葬回袁家屋场。这可能与他的几个子孙在朝廷做官有关。但移民运动汹涌澎湃，即使官拜朝廷，家族搬迁的命运并未结束，一家人刚刚在崇阳立足，又要搬家。这一次，还是搬得不远，搬到了离崇阳比较近的湖南临湘，至十三代，也算得上是临湘的土著了。然而，湖广填四川的移民运动又来了，是否去往四川，成为十三代祖不得不做的选择。于是，十三代祖周龙野带着一个儿子，一个侄儿，和他的兄弟结伴，顺着前往四川的路，来到湘西北的崇山峻岭之中。这里离四川已经很近，但当时的澧州，受张献忠与清军作战的影响，人口锐减，可谓地广人稀，这为他们不进四川提供了便利，他和儿子在一处山脚停下，成为湘西北一处周家祠堂的先祖，他的兄弟，离他几十公里，他的侄儿，几乎就在他隔壁。或许年轻人更向往远方，这个侄儿最终继续西上，去了湖北恩施。

这是1921年《周氏家谱》的记载。第十三代祖与临湘的关系、与远去恩施的侄儿的关系，家谱上的线索不多，但石门县三圣乡的一支是有记载的，他们那一支与我们这一支在我们驻守的周家垴共同建了祠堂。1921年所修《周氏家谱》从临湘老谱续修，一直修到父亲一辈。那时候，父亲尚未出生，名字没有载入谱中，大他几岁的伯父们都有记载。

江西填湖南、湖广填四川，这是明清几代皇帝调配人口的手段。那是从农村到农村的迁徙。从家族的移民史，我看到迫于搬迁的无奈以及家族每况愈下的式微。"濂溪一脉，耕读为本"，这是祖训，但一个家族的精神内核，离不开环境，也离不开教育，当龙野先祖搬进湘西北的大山里之后，家族虽然也崇尚读书，但多少代，仅就出了个秀才而已，大部分人不过是有个启蒙的机会或者干脆就是文盲。

这是一个家族的悲哀和移民的心酸。

移民而获得发展，要看所去的目的地。从农村到城市，从国内到国外，都属于移民，这种移民和朝廷的移民不同，都是寻找并且一般也能找到好的发展机遇，朝廷的移民，则要看运气，看祖先移民时的心境和眼光。

从城市到乡村，一定会有一次移民潮。这应该是中国农村社会新的形态出现的肇始，几千年小农经济支撑着的农村社会将因独生子女形成的社会人口结构而发生翻天覆地的变化，原始的传承方式一定会戛然而止。沧海桑田，这是时代的变迁，我不必杞人忧天，但也无法想象那是一种怎样的变迁。

大年三十，去给爷爷上坟，这是从小养成的习惯。这种习惯，并非依从于情感。爷爷不过是零星的模糊的记忆，但祭奠一抔黄土，仍成为清明或者春节时，我们不会忘记的行为方式。我们是我们这个家族走出农村跻身都市的一代，但我们的根还在农村，而我们的下一代，则基本上与农村没有什么情感上的牵绊。在他们的心里，我们的故乡不过是他们的父辈生长的地方，就像我虽然知道我的先祖来自江西，来自崇阳，来自临湘，但我绝不会以为那是故乡一样。

他们的故乡在城里。

父亲

父亲是甘溪公社一名普通干部。这个普通二字，意味着他不是党员，也没有职务，就是有一份工作而已。

但父亲是入党积极分子。能成为入党积极分子，也不是一般人就可以的，组织上明确了才可以。一般要填入党申请表，之后，组织委员会提请组织讨论，通过了，才算入党积极分子的。

父亲是一辈子的入党积极分子。

既然是入党积极分子，这就意味着在各方面都要以党员的标准要求自己。于是，春节放假，他就必然主动申请不回家，留下来值班。

父亲值班，我们春节的第一件事就是在初一这天到甘溪公社的大院里，给父亲拜年。

我和姐姐、弟弟，吃过早饭，穿着新衣，兴冲冲去拜年。到达公社大院后，姐姐会往后躲，弟弟拉着姐姐的手，推举我走在最前头领路。姐姐本来是跟着父亲在公社所在地上学的，对公社大院并不陌生，但她平时就很怕去公社大院，所以，去拜年，她也显得缩手缩脚。

我们三个人你推我躲走进公社大院的门厅，进到院子里，一群人围着桌子在打牌。我看见了父亲的身影。

"那么多人"，我开始往后缩，不愿意在前头领路了。

没办法，姐姐只好走在前头，带着我和弟弟去见父亲。

"爸爸，给你拜年"。是姐姐怯怯的声音。我和弟弟则低着头，不敢作声。

"谁让你们来的？"父亲侧转身，身子微微后仰，显得很不耐烦。

姐姐也不作声了。在父亲面前，我们实在很扭捏。

"你们跑来干什么？"父亲继续质问我们，一旁与他打牌的人，就会有人说："周英侠，人家孩子来给你拜年，你不引到屋里去，凶孩子做什么？"于是，牌局暂时停下来，父亲起身到他的房间去，我们也跟着，像三个演哑剧的人。

这是我初中二年级之前每年春节都会发生的场景。奇怪的是，我记忆中的这些场景都是阳光很好的日子，都是撞见父亲和他的同事打牌。我还记得他们打牌，是有惩罚的，输了的一方，要在鼻梁上贴白纸条。谁贴的纸条多，谁就是输家。

父亲给我们开门后，依然回到牌桌前，继续他们的牌局。我们胆子大一些了，也站在一边看。父亲的牌技不好，与他打对家的人常常指责他。父亲不反驳，咧着个嘴，给对方赔笑脸。父亲居然会笑呢！这是我很诧异的事，记忆里，父亲总是板着一张脸，是难得见到他的笑容的。

父亲显然是知道我们会去他那里拜年的，但他不会准备什么好吃的东西给我们，也不会给我们压岁钱。能够站在他身边看他打牌，我们就觉得是享受到了至高无上的待遇。等到食堂的师傅做好晚饭，值班的几个人和我们姐弟三个围坐一桌，吃一餐饭，拜年的任务就算完成了。

应该是从姐姐考上大学开始，父亲春节不再值班。姐姐考上大学时，正是国家恢复高考的第二年，大学生称为天之骄子，备受尊崇，家里有个正在上大学的女儿，父因女荣，单位就不让父亲春节值班了。但父亲的入党问题仍然没有解决，他仍然是每年的入党积极分子，每年填表，每年都得不到批准。

我从跟随父亲上学开始，每年都会帮父亲填一次入党申请表。以至于我参加工作后，单位要发展我入党，但我本能地害怕填表，一次次都婉拒了。这是父亲对我很不满意的一个方面。他批评我不求上进，认为不愿意入党的人是没有出息的表现。他不知道，他的入党经历给我造成了巨大的心理压力。既然入党这么难，为什么一定要入党呢？每当父亲批评我时，我的借口就一句话：入党太难了。

"难？经不起组织的考察才觉得难。你呀，思想根源还是不求上进。"父亲不仅这样要求我，我儿子成年后，他又要求我儿子。

我不知道父亲入党的动力是什么。从他参加工作起，几乎就没停止过争取入党，几十年把这一件事当成终身大事，我觉得，从某种意义上，他早就是共产党员了。我佩服他对共产党的坚定信念。

　　父亲是临退休的那一年才获得批准加入党组织的，宣誓四个月后，他拿到退休证。那已经是 1986 年了。我一个远房叔叔，从另一个公社的组织委员任上，调到甘溪公社任管委会副主任，懂得吸纳新党员的程序和要求。这一年，在讨论父亲的入党问题时，他为父亲打抱不平。他说："一个一生都在向党组织靠拢的人，加入党组织是他的信念。人家马上就要退休了，入党既不为当长，也不为加饷，我们有什么理由将人家拒之门外？不错，他的社会关系是比较复杂，但出身不由自己，关键看本人的动机和表现。"不知是这位叔父的话起了作用还是党组织觉得父亲确实够格成为党员了，他在临退休时，总算实现了他入党的愿望。

拜年旧事

父亲知道我在写一些与家乡和家族有关的文章，问他什么，他就认真回答什么。一个 91 岁的老人，把一些事情还记得那么清楚，多么了不起啊。

我和他在火炉边烤火，想起什么，就会问出来。父亲一般都能回答。有时候，一时想不起来，他想起来了，也会主动告诉我。

火炉是当地一家炉具厂生产的节能炉具，有封闭的烟囱将烟尘排除室外，还省柴，炉火将屋子烧得暖暖的。但几十年前，春节围炉而坐，围的只能是火坑。我提到火坑时，有人不明白是何物，我在这里顺便介绍一下。火坑是湘西北一带农家烤火的场所，一般置于堂屋或者专门的火坑屋。在地面上用石条或者陶砖、土砖围城一个凹形或者四方形的围子，将柴火直接置于围子内燃烧，人们在火坑的边缘团团围坐，就可以烤火了。用一句话来介绍火坑，可以说成是在屋内燃烧篝火时将篝火围住形成的固定场所。火坑一度是湘西北地区不可或缺的一样东西，它的好处自然是供人烤火，但缺点很多，烟和灰尘直接排在室内，空气的污染指数是很高的。后来改为炉具了，空气污染仍然很严重。姐姐曾经用PM2.5测试仪测试过，污染指数在300到600之间。火坑没有烟囱，其对空气的污染不知道有多严重。其次是烟尘将墙壁熏得黢黑发黄，所以，凡是安置火坑的屋子墙壁必然是黑的。从火坑到火炉，算是时代进步的象征。

时代总是进步的。父亲一代人的命运，我想是一去不复返了。我不是党员，不知道现在入党社会关系有多重要，但唯成分论的社会空气是不复存在的，没有谁因为祖辈、父辈是判过刑或者做出过有异于常态的事之后，其子女找不到工作或者不能上学的。从这个意义上来说，我要为这个时代点赞。

父亲在我心目中是个威严的人，这与小时候去公社大院给他拜年时，他的那种冷漠有关。但平心而论，他威严的外表下，其实不乏父爱。尤其是年老之后，堪称慈祥。可是，小时候去他单位拜年，他都不会给个好脸色。这实在让人费解。于是，我向父亲提起了心中的这个疑惑。听明了我的提问之后，父亲的目光愣了一下，他显然没有想到我会问到这个问题。他应该也没有意识到他那时的表现有什么不妥。他反问我："哪个做父母的不喜欢自己的儿女？但单位人多嘴杂，你们来了，要吃饭，我又不能单独开伙，凭空多几张嘴，吃公家的，别人难免说闲话。"

那么，是不是有些苦肉计的意思？

时隔三十多年之后，想起那些去公社大院给父亲拜年的忐忑，与父亲谈起他入党的艰辛，以及影响他生活际遇的那些社会关系，深感父亲的不容易。父亲的无奈，也就不言而喻了。至于是否是苦肉计，我在心里是认定的，但我没向父亲求证。

他是时代的弱者，我没有必要去打击他。他是生活的智者，但我未必认同他的那种方式。

故乡散记

周家垭和它的年味

我曾经读过莫言先生写的一篇关于春节的文章，大概是《年的味道》之类，他说年的味道是从腊八节这天开始的，到小年气氛渐浓，大年三十形成高潮。这是莫言的故乡山东高密的年味。

周家垭鲜有过腊八的时候，小年也不怎么重视，惟有大年三十与莫言先生描述的一样，是过年的高潮。

周家垭位于湖南西北部，它离湖北很近。我们小时候听电台的天气预报，都不听湖南这一边的，只听恩施台。恩施报什么就是什么，而湖南的就没有那么准确了，不是说湖南的天气预报部门技术不好，而是我们那个地方离恩施近，气候更接近恩施那一隅罢了。

周家垭住着周姓、陈姓、杨姓、孙姓几大姓，也有段姓、毛姓和田姓、符姓、吕姓，人口都不及前四大姓多。四大姓中，周姓人口未必最多，但周姓人聚居的周家垭成为一个村的代名词，称为周家村，说明这个家族在当地的影响，还是与众不同的。周家村一度叫过周家大队，一种和村的行政功能基本一致的机构，那是人民公社化的产物，后来大队撤销，又恢复为村。再后来，行政村撤销，周家只作为一个自然村存在，它曾经是星子山村的一部分，后来随星子山村整体并入昌家峪村。

我的祖先是从湖南临湘搬迁到周家垭的，他来的时候，挑了一担箩筐，带着一个儿子，还有侄儿，没有更多的家当。他是周家垭周姓的第一代，他的儿子，是周家垭周姓的第二代，但他的故乡不是周家垭，到第三代起，才算是在周家垭落地生根的人。他是来周家垭的第一人，无论他的故乡在哪里，他都是周家垭周姓的第一代。从他这一代算起，周姓落户周家垭，至今十二代了。

周家垭周姓祖先从临湘搬来澧县西部山地的缘由是什么，我们无从得知。他搬来之前，周家垭是否有人居住？我们也不得而知，但周家垭地方的地名恰巧与周字有关，我不妨武断地认定先祖来周家垭之前，周家垭是没有地名的，或者是没有人居住的，他和他的后人影响了周家垭，因此，以周来为地方命名，就是顺理成章了。

周家垭看起来并非一个自然条件好的地方，旱地多水田少，坡地多平地少，山岭多水源少，石头多树木少，是个不怎么适合居住的地方。但人口少时，也不见得就不好。垭是一个东西约200米宽的土埂，连接着南北两座大山。北面是青龙山，东西绵延，长满枞树，一年四季青葱见绿。在正对周家垭的那一段，山顶隆起，形成一个高出青龙山山脉的山顶平地，名四角寨。四角寨的东侧，

故乡散记

有一股山泉从半山腰汩汩流出，在岩子口形成一道瀑布，流入一条宽四五米的溪流之中。垭的东侧，也有一眼泉水，水量不大，但一年四季总不会断流，从这眼泉水开始，是一条小河沟，蜿蜒东下，汇入岩子口那条小溪。河沟也好、小溪也好，水量并不丰沛，但因为源头有泉眼的缘故，沟与溪中，水流总是不绝。

周家垭人称泉水有一个很形象的名字，渗水，一个渗字，显得十分形象，它不是一股股冒出来，而是一点点从地层渗出来，汇在一起，最终成为一个水洼，这样的地方，周家垭人才称之为泉。总之，渗水是周家垭重要的水源，若是没有渗水，周家垭就真的不适合居住了。

垭的南面，是星子山，盛长茅草、杂树。杂树以栗树、楠树、苦楝树居多，却几乎见不到枞树。星子山也是青龙山的一部分，知道它有单独的命名，是星子山周围的几座村庄合并为一个行政村时。周家垭周围的涂河、段家两个村合并，叫星子山村，我才知道，哦，原来屋后的那座山叫星子山啊。

相向而立的两座山，差别这样大，可能是因为星子山山体多石灰岩而对面的山体不具备这种地质构造的缘故。星子山面向周家垭的半山腰，有个巨大的燕子洞，是石灰岩形成的，我小时候钻进去过。星子山除多石灰岩外，内部还藏有储量不菲的煤炭、页炭。我一直记得周家垭有几处石灰窑遗迹，最大的一处，叫灰窑凹，说明那地方原本没有名字，长期烧石灰，才有了地名。

周家垭东西两侧，是缓慢下降的梯形水田，东侧一直延伸到岩子口，西侧则几乎都是水田，为山体所包围。周家垭是周姓人的主要聚居地，西侧靠南的山脚下，原先建有周家祠堂，后来祠堂被毁，地名还叫祠堂。

先祖初到周家垭时，定居的处所并不在垭上，而是岩子口。现在岩子口反倒不住人了，只有祖坟及后来修建的水库。

就习俗而言，周家垭重视清明节、中秋节和春节。端午节称为端阳，并不包粽子，只折一些艾蒿悬于门楣，或者在墙角撒一些硫磺。新麦出来之后，家家户户会做馒头。用桐叶包的玉米粑粑也是玉米收获时节必然要做的食品。做各种腌菜，做醉肉。肉类以鸡、猪、羊为主，也不排斥鸭、鱼、牛肉和狗肉。婚嫁方面，有陪十弟兄、十姊妹、哭嫁的传统。生小孩了要在满月时赈祝米酒、周岁时赈周岁酒。人死了则要请道士班，但未成年人夭亡，是不办丧事的。

所有的习俗中，春节，是我准备细致描述的对象。周家垭人称春节为过年。贴春联、放爆竹、穿新衣、吃好饭、守岁、拜年，似乎寥寥几笔就可以说完，但春节是个漫长的过程，从入冬开始准备，慢慢地积蓄各种吃的穿的用的，以及那份过年的心情，但真正富有年的味道的日子只有除夕和正月的头几天，没有破五饺子，也不在元宵节那天刻意吃元宵。元宵节只是一个时间点，到了这一天，大人们会对孩子说，今天是正月十五了，年过完喽。过了这一天，就不兴拜年了。若还有拜年的，主家就会说："年早过了，哪里还有年呢！"拜的一方必然说一句："有心拜端午，六月不为迟"，话是这么说，谁若真的过了正月十五还拜年，都会视为不晓事理。"只有那个天皇，都么得时候了，还拜年呢"，这样的评论是带有不屑意味的，谁都不愿做天皇，因此，谁都记得，该拜的年，还是要在正月十五前拜完。

年猪及其他

冬月，周家垭晴天少，阴雨天多。细密的雨丝一点点落下来，对地里的麦苗、油菜苗都有好处。空气湿润，一点点微风都会吹得人浑身发冷。

不知哪里响起一声猪的尖叫。坐在堂屋里围着火坑烤火的人们张耳倾听：谁家就杀年猪了呢？才入冬，未免也太早了吧。

年猪，是每家每户都养来预备过年享用的，一般每家一头，羊也是。

当第一声猪叫响起之后，杀猪便成为周家垭最热闹的一件事。凡杀猪的人家，都会有杀猪饭吃，左邻右舍，就在今天你家，明天他家的杀猪饭中开始过上一段天天有肉吃的好日子了。

记得我家也养两头猪，一只羊，两头猪中的一头，是要上交给国家的，叫派购猪，另一头就是年猪了。那时候的猪是没有剩饭剩菜可吃的，淘米水和洗锅水，是他们的佐料，主食我们称猪菜，是在野地里扯的各种野菜，偶尔有一些菜地里的青菜叶，晚秋和初冬季节，一般用红薯藤当主食，营养品则是米糠、麦麸子。

猪菜主要靠各家的小孩去扯。一只竹篓子，团篓或者花篮，配一把小铁铲，就是工具了，路边、田头、庄稼地里，每天放学后的任务就是扯一篮子猪菜，不然，猪就得饿肚子了。

赶羊上山是早晨起来的第一件事。要找草多的山坡，周围不能有树，然后将羊绳的钉桩钉进地里。羊就会在这里呆一天，以羊绳为半径，将够得着的青草吃个精光。羊大约是比较傻的动物，活动半径内如果有树，不小心将羊绳缠在树上，羊就会有麻烦，很容易自个把自个勒死。赶羊上山时，找一个没有树的草地，并不是很容易的事。冬季，山上没草吃的时候，红薯藤也是羊的主食，偶尔会喂一些乌桕籽。

我小时候贪玩，往往天黑了，记不得将早上赶上山的羊牵回家，羊就会在山上咩咩地叫个不停，声音里满是惊慌。它不知道，我比它更为惊慌。不敢自己上山去牵羊，只好请隔壁的堂兄或者堂伯父陪我去。成年之后，我经常做一个人在黑夜里牵羊的梦，每次做这样的梦，我就知道，一定有某件事在令我焦虑着，我就会在睡前或者中午静坐时进行冥想，想象天快黑了，山上还有羊没有牵下来，感觉内心的慌乱，体会那种慌乱降临时懊悔、无助的感觉，想象在别人的帮助下，羊终于牵回来了，内心便舒坦起来。我并不经常做冥想，但与小时候经历有关的梦出现时，我都会比较重视。我知道，我内心里是有一个没有长大的孩子，需要回到特定情景下安抚他一下。

忽然想起一个大雨滂沱的日子，我要去山上牵羊回来。后山有大片的棉花地，郁郁葱葱，长得正茂盛。并不高大的棉花秆和我比起来，还是略胜一筹，我就被棉花秆遮掩着，看不到山下，见不到人影，只有雨点拍打在斗笠上单调的声音在野地里跳落。都说雨天野兽会跑出来，我很害怕遇到老虎、豹子之类，真的就不敢上山。但雨越下越大，搞不好，天黑了都不会停，不去将羊牵下山，显然交不了差。我会拉着弟弟，两个人互相唱歌壮胆，又互相吓唬着，慌急火急地把羊牵回家。

扯猪菜不费体力，但眼力要好，还要认得很多野菜。锯齿菜、牛舌草、蒲公英、野胡萝卜、野韭菜、马齿苋、灰灰菜等等，都是现在人们餐桌上喜欢的菜肴，但那时我们都只知道那是野菜，是给猪吃的。那时候的猪就是这么幸福，吃得很讲究。

猪菜扯回来后，还要剁碎。剁猪菜其实是切猪菜，真正剁，反倒费事。抓一把猪菜在手，像切菜一样切成细末，需要一些功夫，一不小心会弄伤自己。我现在切菜刀工颇好，切猪菜的锻炼，功不可没。

养猪的猪栏，是青石板铺成的，这样便于清洗。猪爱干净，猪栏收拾得利索，猪也不容易生病。清洗猪栏的事情大都是大人们做，从堰塘担来清水，冲洗猪栏，废水则成为浇灌自留地的好肥料。

一头猪从猪仔捉到主人家到可以出栏，一般要九到十个月，像现在养两三个月就出栏的现象，我小时候是想也不敢想的。湖南电视台被猪饲料广告霸屏的时代，我知道养猪可以用饲料并且几个月就可以将一头猪仔养成大肥猪，曾经还很兴奋，后来，饲料养肥的猪肉吃多了，就无限怀念小时候的野菜猪了。至于这两种猪肉有什么不同，其实说不上来，舌尖上的味道，说清楚并不容易，我也就不妄加评说了。

印象中很深的一件事是有一年我们家杀了年猪，当晚做了杀猪饭，鲜肉切成大片，用麦子酱猛火炒熟，放一些青蒜进去，极其美味。我弟弟在杀猪前就对猪肉垂涎欲滴，嚷嚷着"门板大的猪，巴掌厚的膘，我今天要吃得嘞饱嘞饱"，可能是长期肚子里油水不足，猛然大吃一顿，羸弱的肠胃经受不住，结果半夜肚子疼，紧急送往医院，说是胆道蛔虫，住了半个月院才恢复。现在我疑心那不是什么胆道蛔虫，急性胰腺炎的可能性更大。

猪、羊杀过之后，用盐腌渍，之后，悬挂在火坑之上或者厨房的灶火上端，很快，烟熏火燎，那些个腌肉就变成一块块黑黄黑黄的腊肉了。讲究的人家，熏制腊肉时，会在挂腊肉的下方埋一些谷壳或者锯末，谷壳、锯末内还放进橘子皮、柚子皮、紫苏梗等，这样熏制的腊肉，就会别有一番风味。

守着满满一竿子腊肉，人们该吃萝卜白菜的还是吃萝卜白菜，有孩子嘴馋，要求大人弄点肉吃，得到的回答必然是："腊肉是过年才吃的，现在弄吃了，过年吃什么？"

一句话，提醒孩子们过年的种种好处，这恐怕是孩子们迫切地盼望过年的起始了。

周家垭的年味，应该是从杀年猪就开始了的。

乡下裁缝

裁缝这个职业，在乡下已不多见。在城里，要找到一家裁缝店也不大容易。现在有一种服务叫服装定制，看起来是传统裁缝活的翻版，但与传统裁缝，尤其是乡下裁缝，还是大不一样的。

周家垭的裁缝，叫天锡叔。我从小到高中毕业，都是穿他做的衣服。

天锡叔住在符家大堰边上，与我们家呈斜对角相望。如果走路，则是一个倒 7 字形，等于要走完长方形的一条长边再接着走另一条短边。他个子不高，精瘦精瘦的。我就有一个印象，做裁缝的似乎都是瘦子。谁要我人生见到的第一个裁缝是个精瘦的人呢？

天锡叔的老婆个子大，稍胖，和天锡叔的精瘦形成鲜明的对比，人称大婶娘。他们家有个比我小几岁的女孩叫军凤，我们都知道军凤是接的大婶娘弟弟的孩子。他们家还有一个大我们好多岁的男孩，我们叫他黎平哥。黎平哥也是裁缝，他是天锡叔的徒弟。天锡叔为人温和，黎平哥待人也十分友好，但一帮小孩子总是会唱一支不知从哪里学来的歌谣：

　　裁缝裁，裁缝的 xx 灌盐菜。

　　盐菜辣，裁缝的 xx 辣得直奔……

这哪里是歌谣，分明是骂人嘛！小时候可不管这些，唱着好玩，就不断唱。

　　每年，天锡叔都会被请到家里来，为一家人做过年穿的新衣服，还有过冬的棉衣、棉裤。

　　那是棉花收摘完毕后的事，脱过籽的皮棉找弹花匠弹成棉绒，天开始变凉了，天锡叔就忙起来，一般人家都会请他做一次衣服。

　　我每年要做的衣服，只有两件，一件上衣，套在棉衣上的，一条裤子，套在棉裤上的。棉衣和棉裤，总是穿姐姐姐穿过的旧货。可是，姐姐姐的是花棉袄，也让我穿，却没有人嘲笑。这是周家垭的规矩，老二穿老大的穿不合身了的衣服，老三则穿老二的，直到一件衣服变得筋条条了，才不再穿，攒在一起，用来"打壳儿"，就是将布条用面糊糊到一起，晒干后用来做布鞋。

　　周家垭的规矩，请匠人，不仅要事先和匠人说好，关键是要将匠人做事的家伙挑到家里去，才算是正儿八经地表示你是真心请匠人的。没有哪个匠人会自己挑了工具去主人家做事的。天锡叔的的家当简单，一台缝纫机、一把熨斗、一把剪刀、一根皮尺，再有就是裁剪布料时的粉饼了。

　　年前做一身新衣和过年时必须换上新衣，我成年后都有这个习惯。

值得说明的是，我们小时候穿的新衣，仅仅指外套，内衣什么的，一般不会刻意置办，够穿就行，干净就行。

新衣做好后，大人不会让孩子马上就穿，一定要等到过年才允许穿上身，这之后，就无所谓了，叫"打敞了穿"。渐渐地新衣服变成旧衣服，旧衣服变成破衣服，然后，等待下一年的新衣。

其实，这样盯住一套衣服穿，很容易坏衣。但没办法，那时候买布料需要凭布票，一个家庭，即便经济允许，也是买不到多余布的，这样，每年能做一套新衣服也已经很不错了。

当然，在我很小的时候，我记得各家各户都会纺棉布，自己染色，用这种棉布做的衣服，一般是衬衣，内裤，也有做成外套的。如果将棉布做成印花布，蓝底或者黑底，上面有白色的花做点缀，则通常用来做被套。

一般人家非过年做衣服，是生了小孩之后、或者有女孩要出嫁，或者有老人要准备寿衣。当然，也有做夏季衣服的，都是农村里经济比较活络的家庭。现在想来，天锡叔那种裁缝，是什么衣服都要会做的。我曾经在《服装时报》工作过，知道做服装有很多的分工，但在天锡叔那里，便是很多工种集于一身了。

谁家要做衣服，除了要将天锡叔的那套行头挑到家里，还得在天锡叔到来之前，卸掉家里的两块门板，搁在条凳上，作为案板供天锡叔裁衣服、熨衣服用。天锡叔将布料铺在案板上，有一个令我们一帮小孩子羡慕但总学不会的动作，就是含一大口水，仰头，然后猛一低头，随着噗地一声，案板上方立即就腾起一团白雾，待白雾消散之后，布料上就象沾了一层绒毛似的，满是密密麻麻的水珠。我觉得这很神奇，也学天锡叔的样子喷雾，哪里喷得出，喷出的不过是一缕细细的水线，旁边的孩子就会取笑："哈，你这哪是喷雾啊，简直就是用嘴撒尿呢。"

裁缝活最吸引小孩子的，是缝纫机转来转去的模样。趁天锡叔不在，坐在缝纫机前，哒哒哒，将缝纫机踩个飞转，我是干过这种事的。这是令天锡叔最恼火的事，敢踩缝纫机的，是主家的孩子，他骂不是，不骂，又心疼缝纫机，担心把针头轧坏，那可是他吃饭的家伙啊。好在主家的大人一般都会管住自家的孩子，不让随便动匠人的东西。不过，即使大人不管，天锡叔也只会皱皱眉头，表示他的不满。想起来，天锡叔是多么温和的一个人呐。长大后，我想：天锡叔要防止小孩子玩他的缝纫机，有一招应该是最管用的，这就是他要离开时，将未做成的衣服压在针头下，做出缝线未毕的样子，我相信那样谁都不敢了。把新衣服弄坏，谁都明白开不得玩笑，那时候，做一件衣服实在是太不容易了。

那首骂匠人的歌谣，完整版骂遍了乡下所有的匠人，涉及到裁缝的我记得的就只有那两句。既然天锡叔是个温和的人，小孩子们为何要唱骂裁缝的歌谣？一是"裁缝裁"就是那首歌谣的一部分，孩子们唱，本质上是为了好玩，而不是真有什么恶意。二是黎平哥的缘故。黎平哥学做裁缝时，不过十四五岁，等于是从孩子堆里才冒头的主，在一帮比他小的孩子看来，他也不过还是个孩子。天锡叔裁剪、熨烫，他踩缝纫机，有人围拢时，如果挡住光线，谁都会不耐烦，说："别围在这里，挡住光了。"如果是天锡叔这样说，不会引起小孩子们的反感，黎平哥说，就觉得他不给面子。对裁缝的不满，十之八九是这样引起的。我们把对缝纫机的新奇，以及对黎平哥的嫉妒（他不也是个小孩子吗？为什么他可以大摇大摆地踩缝纫机，我们就不可以？）和不满（他还不让我们围着他看），都通过那首歌谣发泄出来，于是，哪户人家有裁缝上门，我们明知是天锡叔和黎平哥在干活，却装作不知道是谁一样，唱起那首歌谣："裁缝裁，裁缝的xx灌盐菜……"

我中学毕业后，在村上的小学校做民办教师，那时候，我们家已经不请裁缝做衣了，我记得我教书的第一年，需要棉衣，是专门去县城，买了一件咖啡色的"丝绒"棉衣。现在想来，面料和所谓的丝绒，都是很低劣的材料，都是化纤做成的，沾一点烟灰，立即会烧出很大一个洞来。那时候不觉得化纤的东西不好，以为穿买的衣服才时尚。后来，进城了，也一直是买现成的衣服穿。与裁缝的唯一交道，是买了裤子之后，在商场的旮旯里，找驻在商场的裁缝扦扦裤边。

大年三十晚上，我习惯性地找出换洗衣服，洗完澡之后，特意穿了冬天才买不久的一件羽绒大衣，因为在我的意识里，这样新买不久的衣服才算是过年的新衣。家里烧了火炉，还开了空调，其实是很暖和的，穿羽绒服有些夸张，但里面只穿一件衬衣时，也不觉得热。人到中年之后，刻意为过年买新衣服的意识渐渐淡了，

故乡散记

但大年三十这一天，找换洗的衣服，还是尽量选自己觉得新一些的。这是从小养成的过年的习惯。

过年穿得好一点，无论城里、乡下，人们都遵循着老祖宗的这个规矩。现在生活条件好了，一般人家平时穿的也并不赖。但过年时，还是会将平时穿的衣服换掉，代之以自己认为好看一点的、洗干净的、中意一点的服装。只不过，这些服装基本上都是工厂货，裁缝做过年新衣的时代，已经离我们很遥远了。即使不穿工厂货的，比如定制，也与传统意义上的上门裁缝不一样，那是在裁缝铺里或者一些工坊里类工业化制作服装的行为，本质上还是算工业化的产品，与天锡叔那种上门裁缝，完全是两种不同的活动方式。

记忆中天锡叔年轻时基本不做农活，一年四季都在外给人做衣服。那是大集体时代，他这种人，叫副业工，直接给生产队挣钱，用挣来的钱换工分，对生产队还是有好处的。他去做副业工，要看他找不找得到活儿做，既然他每天都有事，说明找他的人不少。我们那一带，在天锡叔活跃的时期，似乎就天锡叔一个裁缝，这可能是天锡叔不缺活的主要原因。后来，就有了黎平哥，还有天锡叔接来的女儿军凤，还有一个与黎平哥年岁差不多的人也学了裁缝，不是找天锡叔学的，是在外地参的师，他叫春平哥，学到手艺后，也开始在周家垭做上门裁缝。另外有从外村嫁过来的一位嫂子，也是裁缝，一时周家垭有好几个裁缝了。人家还是那些人家，但裁缝多了，各自接的活儿就会相应变少，所以，这些裁缝像天锡叔集体化时代基本不做农活的好事就没有了，大家有活儿的时候就做裁缝，没活儿的时候，就得做农活。好在裁缝变多的时节，农村已经实行包产到户，自家的田地，都是自家种，裁缝只不过是比一般人多了门手艺而已，他首先要把自己的田地种好，天锡叔也不例外。

我回周家垭时，遇见过天锡叔、黎平哥、春平哥，那个嫁过来的嫂子则改嫁了，军凤是我还在教书时她就顶替她做煤矿工人的生父的班，招工出去了的。天锡叔八十多岁，黎平哥和春平哥也六十多岁了，他们是周家垭的老裁缝，即使有人请他们做上门裁缝，恐怕手脚也不听使唤了。但我知道，年轻一代的裁缝在周家垭是不复存在的，周家垭的年轻人，都在城里讨生活，这些人中，未必就没有从事服装业的，但他们绝不会回到乡下做一个上门裁缝了。乡下一个匠人，干一天活儿少说挣200块钱，而200块钱，买什么衣服不好，谁会花这个钱来请裁缝做衣服呢？

八十多岁的天锡叔没有年轻时那么精致了，头发有些蓬乱，穿一件蓝布风衣，似乎是工装，可能是他女儿给的吧。我记得我去和他打招呼时，他根本认不出我来。离开家乡三十多年了，他不记得我，很正常，但我很容易认出他来。我那天给了他一个小红包，他感激地接过去，却始终叫不出我的名字来。

"裁缝裁，裁缝的——"，我哼起儿时的歌谣，到 "xx" 时，自觉粗鄙，便止住了。火坑屋里只我一人，父母睡觉了，弟弟和几个表弟在打麻将。我刚才也打过一阵麻将，后来就到火坑屋来守岁了。大年三十的晚上，守岁，还是老一套的规矩：火炉不能断火，一家人，总有一个人不睡觉，熬到天亮时，放完新年的爆竹，才睡觉的。

窗外，断断续续的爆竹声不时传来。"爆竹声中一岁除，春风送暖入屠苏。"尽管没喝屠苏酒，过年的氛围还是很浓郁。传统有很强的魔力，比如爆竹；传统也容易式微，比如乡下裁缝。

苔糖

红薯，周家垭一带称苔。在吃不饱饭的年代，苔总是有的。一年中，苔作为主食，是很平常的事情，以至于有一碗光米饭，就是待客的稀罕物。

苔这么平常，与春节有什么联系呢？

有的。苔从地里挖回家后，窖藏一段时间，某个冬日，母亲会拣一团篓苔，用水洗净之后，熬制苔糖。熬苔糖，算是准备春节吃食的前奏，当然与春节有关了。

红薯可以生吃。刚挖出的红薯和窖藏一段时间的红薯，口感不一样，前者发木、不甜、水分也不多，后者则脆、甜、多水分，因此，对于红薯的储存，人们都很重视。但红薯储存不宜，容易被冻坏，另外，开春之后，红薯会发芽，只要它开始发芽，就不能吃了，若这时生吃，咬上去就像咬一团棉絮。从红薯生吃的种种对比可以看出，红薯适宜储存一段时间再用但也不能无限期的储存。

冬至之后，红薯的糖分渗出到一定程度，熬糖，

103

是周家垭家家户户都要做的事情。熬出的糖，可以直接吃，但要留一些作为春节前做米泡儿糖的原料。当时，糖类供应紧张，一般人家，很少能买得到红糖、白糖，有一钵子苕糖，也是补充糖分、解馋的心爱之物。所以，会持家的女人，往往会早一点熬糖，之后，嘴馋的小孩，就会每天用筷子或者勺子搅起一团苕糖来吃，大人也吃一点，但爱吃的还是小孩子们。

苕糖熬出来，是黑红色的液体，舀、扦，都不容易，惟有搅成一团，才吃得上嘴。澧县、津市一带有搅搅糖，顾名思义，是一种需要搅起来吃的糖，也是黏稠的液体状态。我春节前去药山寺，明影师父送的礼物中，就有寺产的搅搅糖，我怀疑就是红薯熬制的，看来，用红薯熬糖，也并非周家垭所特有。

红薯煮熟，捣成泥，加水，加麦芽汁，大火烧开，然后，将烧开的红薯汁舀进一个四角用绳子固定的纱布包袱里，慢慢地摇动包袱，将红薯泥和麦芽的渣子滤去，渗出的液体，就是糖水了。这种糖水糖味淡，需要用火熬干水分，当它变成黏稠的液体状态时，苕糖才算熬成。从红薯到苕糖，流程并不复杂，但麦芽的量、红薯泥加水后煮多久起锅、滤出的糖汁熬多久、成品的黏稠度的把握等等完全凭经验去做，因此，一家熬苕糖，往往是一群主妇聚在一起，大家一起拿捏。

我们家熬苕糖时，德群婶娘帮忙的时候多。周家屋场，我们家住在最西边，德群婶娘家和我们家隔着堂伯父家，我们家的厨房和堂伯父家又只隔了一道门，因此，一些诸如熬糖、打豆腐、炒炒货这些需要帮手的事务，除了德群婶娘外，还能见到堂伯娘的身影。做这些个事时，母亲她们张家长李家短，有说有笑，我们做孩子的，自然会聚在一起，看大人们做事。左邻右舍之间那种和睦的关系，可能与大家都是一个家族的人有关，也可能与居住的房屋彼此相连有关。我们一个屋场，住着六七户人家，相对独立，但过年过节，或者红白喜事，或者一些重要的场合，都彼此照应，这是一种屋场文化。农村里，大凡住同一屋场的人，关系都比较亲近。可惜，这种和睦的屋场邻里之间的关系现在已经不复存在了，屋场年轻的一代都进城了，只有几位老人偶尔回去住一下，更主要的是，我们家的房子卖给了虽然也是同姓但以前并不住在这个屋场的一家人，屋场的房屋又都翻建，不再是屋屋相连的那种格局，因此，关系就微妙起来。一寸土地、一棵树或者一句话没说好，都有可能爆发一场战争，这样的现状让我很沮丧，只能在无限怀念少小时各家彼此来而往之的那种日子中缅怀着，把一份遗憾交给时光，交给未来。恶语相向只能火上浇油，心存善良总可以息事宁人的吧。

苕糖在刚刚滤出汁时，母亲们就会舀一碗糖水让孩子们喝。这不仅仅是母爱，也是劳动成果的分享。就像厨师做出一桌子饭，客人却不爱吃，厨师就会大失所望一样。但这些道理当时是不太明白的，母亲端给我们的糖水，我们可能并不爱喝，糖熬好之后，狼吞虎咽地吃上一些，隔日就可能抱怨糙心。苕糖虽然甜，但不可多吃，吃多了，食道会如火烧一样不舒服，这就是所谓的"糙心"。

红薯和红薯制品，少吃是美味，吃得多了，不仅会糙心，还会胀气、嗝气、胃中涌酸水，若是天天吃、顿顿吃，则简直就是

故乡散记

苦难。偏偏我们长大的时代，饭不够吃，只能间以红薯充饥，以至于长大后进到城里，见到红薯居然能卖钱、城里人将红薯当美食、零食吃，就十分不理解。不知就里的人好心给我们一块红薯，我们会本能地拒绝。许多年过去，我对红薯的反应没那么强烈了，现在我也偶尔吃点红薯，我也承认，红薯其实并不难吃，但是，在只有红薯吃的年代，红薯的确是差强人意的。

红薯的吃法有很多种，整只煮、蒸、焖、烤，或者切片切末煮汤，或者将片或者末和在米饭里煮，用各种面粉做成糊糊或者粑粑，将红薯切成末或者丝晒干掺进米饭、做成腌菜，都可以，还可以做成地瓜干当零食吃，它的淀粉可以做成粉丝、粉皮，各种不同的做法，吃一顿两顿，或者间隔着吃，别有风味，但一个月、几个月，天天都靠它当主食提供能量时，它就成为天底下最难吃的东西之一了，尽管母亲不断地变换做法，红薯对我的味觉伤害还是很大的。记得我去外婆家，我大舅娘给我煮了一碗白米饭，居然成为我难以磨灭的记忆。

苕糖也是红薯的一种做法，熬成苕糖之后，因为甜，就比做成其他吃法时金贵一些，因此，熬好的苕糖大人会精心保管，不会敞开了让家人吃的。小孩子例外，却也只能时不时搅一点解解馋。苕糖还有一个使命，这就是用它来做米泡儿糖。大米花和苕糖拌在一起，捏成圆球或者摊薄了切成片，就是米泡儿糖了。也有将苞谷炒熟，做成苞谷糖的。比较精致的是将糯米煮熟、晒干，然后在砂锅里炒成米花，切片，这是米泡儿糖的另一种，它有个专有名次，叫阴米糖。糯米种植少，每家每户每年分得的糯谷一般不会超过 30 斤，打出的糯米就少之又少了，煮一顿糯米饭、煮一点阴米，是零食中的上品。年成好时，分得的糯米多一点，阴米还可以煮粥吃，放一点红糖进去，十分的美味。阴米，就是糯米煮熟晒干之后的叫法，我不知道阴字是不是用得对，总觉得阴字缺乏美感，而阴米是多么好多么难得的东西。

米泡儿糖是在临近春节时才会做的，没有苕糖，必然做不成米泡儿糖。当然，大米熬的糖做米泡儿糖会好吃得多，但在吃不饱饭的时代，谁肯用大米做米泡儿糖呢？

湘西北人家，春节待客，米泡儿糖是必不可少的。我不知道周家垭现在还有人做苕糖、做米泡儿糖不，但我春节时去周家垭拜年，在几户人家，都见到有米泡儿糖端上来。我们家，父母移居北京很多年，重新搬回老家后，母亲也老了，无力自己做米泡儿糖了，当然就更不会做苕糖了。腊月二十九，我去县城，母亲说，买一点米泡儿糖回来待客啊。傍晚，我回家，带回一纸箱米泡儿糖，那是一家叫华华糕点厂的厂家出产的，司机小陈去买时，在店堂门口排了一小时的队。

华华糕点厂的米泡儿糖，用的是米糖，不是苕糖。我想过吃一口明影师父送的搅搅糖，看是不是苕糖做成的，从透明的瓶子看上去，搅搅糖和记忆中的苕糖颜色一模一样。结果，回到家门，母亲张罗着吃饭，我就把吃搅搅糖的事忘了。

怀念小时候的苕糖。

炒货

夜幕四合，窗口隐隐地露出灯光。

"炒苞谷咯——"，谁家的小孩在夜色里发出欢快的叫声？

哦，腊月二十四了，过小年啦。

周家垭的小年，与平日里并无不同，唯一不同的是，早上起来，大人们会吩咐：今天过小年啊，到山上多搂一些枞毛回来，晚上炒苞谷吃。

于是，这一天所有的向往，似乎就在晚上的"炒苞谷吃"上。

炒苞谷其实只是个说法，准确地说是办炒货，与春节有关的所有炒货，就在这一夜全部会准备出来。

一屋场的人家，并不家家户户都开火，大人们白天就约好了，谁到谁家去办炒货。于是，天一擦黑，炒货的香味就在整个屋场弥漫开来。

夜色很暗，夜晚很静，不时有轻微的爆裂声传向夜空。很少能听到狗叫声。那些狗，一般都在腊月到来之前被宰杀掉了。乡下人养狗，平日里看家护院，入冬了，就不再留着，实际上，入冬后的狗，是不能留的，一不小心，养肥了的狗，就会不见了。偷狗是乡下一些好吃懒做的人的恶习，用三步倒或者雷管，或者带铁钩的绳套，在夜色的掩护下，很容易就会把一些大意人家的狗偷去。

还有偷腊肉的传闻。婶娘们有的烧火，有的掌炒把，有的坐在一旁扯闲。说到谁家的腊肉被偷了，几个大人都会同时显出心疼的神情：哎呀，那一家人，这个年该怎么过呀？那些砍脑壳的强盗，不得好死。

激愤的表情把煤油灯的亮光都激扬得飘摇起来。

煤油灯用的是平时舍不得用的大灯盏，但即使这样，屋内也并不明亮，倒是灶火的红光，从灶门口射出来，映在烧火人的脸上，那张脸便显得格外的通红。

我们家办炒货和德群婶娘合伙的时候多。我们家的厨房大，两家的大人、孩子挤在一起，也不觉得拥挤。父亲在外工作，一般这样的场合，他都会缺席，一些体力活就得克淼叔出场了。他的任务，是将炒好的炒货用筛子筛干净，倒在一旁的簸箕里，让炒货冷却。而几只早已洗得干干净净的小手就会伸向簸箕，抓一把热噜噜的炒货，贪婪地往小嘴里塞。一天的期待就在这一刻啊，从早上起床开始，小年与炒货就连在一起，炒货与过年就连在一起。要过年啦，那种兴奋不知道要怎么形容才好。那时，我大概会唱"糯谷田里十八人，只老子一人顶条花手巾"。为什么说我大概会唱呢？

故乡散记

因为我后来每每遇到什么高兴的事，都会这么唱。我们那一屋场，与我相仿的孩子多，不知道谁是头，反正哪家有事，即便是来个人客，也会围拢去，守在那里，叫做"守嘴"。炒苞谷这样的时刻，哪有我们不守嘴的呢。自个家炒的时候会守，别人家的也守。东屋串西屋，西屋串东屋，一屋场的寂静，就被我们闹得仿佛掀翻了天。这时候，一定会有人唱歌："娃儿娃儿你莫哭，老子明年发狠栽糯谷。糯谷田里十八人，个个戴的破斗笠，只有老子一个人顶个花手巾。"这是一首叫《栽糯谷》的儿歌。前面还有一段引子，好像有"隔壁婆婆蒸糯米"的句子，但我们一般不唱，直接从"娃儿娃儿你莫哭"开始唱。长大了，我也喜欢唱这首歌，我觉得是"只有一个人顶个花手巾"的那种自豪感从小就感染了我，以至于一高兴，就要哼这么一句。我家娃娃小的时候，她一哭，我就唱这首儿歌哄她。我老婆不会唱这样的儿歌，觉得蛮好玩，会跟着我唱，但她不会澧县话，唱不出我那个味道。

说起唱儿歌，我惊讶于我们小时候学会的儿歌怎么那么多。这些儿歌，不仅好记、押韵，还很有意思。比如这首《打糍粑》："热水泡，冷水发，三斤糯米打糍粑。烧了三把稻草火，他说糯米蒸好哒。那就空到碓窝里，几杵几杵出粑粑。

碓窝里，真邋遢，鸡屎拂得几大把。这个姑娘家的糍粑哪个吃它？

一下跑到灶屋下，拿了一个拖拱粑，杵呀杵，扎呀扎，家伙小了不刹咔。脱了裹脚和鞋袜，捅呀捅，踏呀踏，要是老子看到了，劈头盖脸几耳巴。

打落两缕黑头发，姑娘家哭着回娘家。右手提的是脚鱼，左手提的是北瓜，背上背的小娃娃，怀里揣的热糍粑。

跑到对面山坡下，天道又把细雨洒。地下尽是稀泥巴，砰的一下跌倒哒。北瓜往下滚，脚鱼往上爬。又想上山捉脚鱼又想下山捧北瓜。背上娃娃哭姆妈，扯砣粑粑塌倒他。"

多么有趣的一首儿歌：做事不太里手的家庭妇女、恶声恶气的丈夫、受了委屈跑回娘家的小媳妇、哇哇大哭的小孩子、手忙脚乱的年轻母亲……一个个人物跃然纸上。这样的儿歌，藏进记忆深处，是我们难得的精神食粮。

可是，关于春节的儿歌，我记得的并不多。硬是要算，大约这一首可以算上："初一不出门，初二拜丈人，初三初四到处玩，初五初六玩不赢，初七初八关大门。"

那首"二十四，祭灶神；二十五，磨豆腐……"，我看一些写年节的文章，下笔就提到这首儿歌，不知道为什么不在我们那一带流行。但仔细想想，从腊月二十四起，我们那一带的所作所为，几乎与这首儿歌所唱相差无异。就拿我们为什么要在腊月二十四办炒货，也是与祭灶神有关的。炒东西，我们有个土说法，叫炸灶马，是欢送灶王爷上天的一种仪式。

炒货的品种，有苞谷、蚕豆、豌豆、阴米，还有粉丝、薯片，阴米和粉丝一般是用来做切糖用的，苞谷则做成球状的苞谷糖。阴米炒出来，叫米泡，可以冲糖水喝，但一般都不舍得留下来冲糖水，要做成米糖，这种米糖轻易不会哑，放很久也是脆的，味道也好。阴米做成的米糖，可以叫米泡儿糖，也可以叫切糖。

过年的炒货，除了上面这些外，还有一样重要的东西，就是米泡儿。注意：米泡儿和米泡一字之差，却是指的两种东西。米泡是阴米炒出来的，米泡儿则用普通大米炒。米泡儿在家里是无法炒的，要找有米泡儿机的人家去炒，几升米，可以炒出半麻袋。这种米泡儿一部分做成米糖，一部分就直接做零食吃。用青花瓷碗装满一大碗米泡儿，舀一勺红糖撒在米泡儿上，拿一只筷子，就可以直接吃了，也可冲开水进去，变成糖水米泡儿。不知道用一只筷子是什么讲究，反正家人自己吃和待客都是这个规矩。

炒年货为什么要大家集在一起？与炒年货所用的砂有关。这种砂每家都有，但一般前几锅炒出来的炒货要差一些，炒货讲究用热砂。问题又来了，既然冷砂炒出来的东西要差一些，那几家在一起，先炒谁的呢？这还真是个问题，不知道母亲们是怎样解决的，但一定不会彼此算计，甚至会争着去抢头几锅来炒。大约开始都会从蚕豆之类的炒货炒起，反正这种东西，炒得再好，也是硬邦邦的，牙口不好，是没法吃的。

其实也可以用盐炒，现在农村里炒花生什么的，都会用盐做炒料。用砂，可能与穷有关，也可能与传统有关。做炒料的砂，不是河沙，而是一种砂石，这种砂石一块块的，看起来是坚固的一块石头，但只要用锤子捶开，就散成颗粒均匀，象细盐一样的砂粒了。这种砂石屋前屋后都有，耐心一点，并不难找到。

新砂要用桐油锻熟，变成乌黑的颜色之后并且没有了桐油味才可以用。锻砂是个细致的功夫，桐油不能多，还会浪费一些粮食。因此，砂钵对一户人家，就是比较宝贝的东西，一般不轻易向别人开口借。后来，就流行用盐炒了。我见过北京街头炒栗子，用的是米粒大的粗砂，应该也是锻过的，油光水量。这种砂炒栗子可以，炒苞谷、蚕豆，炒货和砂石就难得分开，非得细如盐巴的砂才可以。

从腊月二十四起，围绕过年做准备吃食、打扫卫生、收拾柴火、置办其他过年的用品，成为家家户户的主要活动。在所有准备中，磨豆腐、推汤圆、拍甜酒是三项主要的工作。也一般是几家合力一起做。

豆腐磨出来后，接下来的几天，主菜就是豆渣了，放盐煮熟，里面掺一点青菜末，吃的时候化一勺猪油进去，也是美味。有的人家不这样吃，会将豆渣做成霉豆渣，那是另一种风味。霉豆腐这一次不会做了，那是辣椒红了的时节做的，因为做霉豆腐需要大量的辣椒，裹辣椒面和辣椒酱，唯有新鲜的辣椒与霉制的豆腐乳一起腌制，霉豆腐的辣味才辣得纯正。

豆腐的保存，是用冷水直接浸泡即可的。这种水称腊水，据说不坏东西。用冷水浸泡的，还有糍粑。我们那里没有打糍粑一说，都是用汤圆浆揉了，做成一个个糍粑一样的米粑粑，这种粑粑我们叫糯米粑粑。也有用普通大米做的，做法一样，叫米粑粑。

汤圆的原材料是糯米浆，推好后，用一块纱布罩着，上面盖上草木灰，能保存七八天，时间长了，糯米浆不会坏，但颜色会变黄变红，做出来的食品也会是红黄的，而新鲜的糯米浆做出来的东西，则是纯净的白色。

甜酒一年中难得做一次，春节时做，可能与甜酒煮汤圆有关。但甜酒也直接吃。这种直接吃的甜酒叫生甜酒，清凉可口。正月时，大鱼大肉吃了，来一碗甜酒，很舒服。

按说，汤圆应该在正月十五吃，但我们那一带，对正月十五并不怎么重视。读书以后，知道正月十五是元宵节，也知道元宵节各地的热闹，但至今，周家垭这一带，元宵节仍然是不怎么热闹的，吃元宵的风气倒是有了，什么放花灯、踩高跷之类，对于没有见识过的，仍旧是传说而已。

至于打扫卫生，也是这几天要做的。衣服、床上用品，凡新年要换的衣物，早在离春节还老远时就趁日头好的时节清洗干净了，年前主要是清扫房屋，其中一项重要工作是除尘，就是将屋顶、墙壁的灰尘打扫干净。还要挖阳沟，房前屋后种树。

再就是准备柴火了。那是没有液化气甚至烧煤炭都难的日子，柴火，什么茅草啊、树枝啊、树叶啊、秸秆啊，就十分的宝贵。现在这些东西叫生物质燃料，农村反倒用得少了，很多都用上液化气了。煮饭烤火的东西，一个冬天都得准备扎实，多多益善，因此，闲下来，就得去砍柴。大人们尤其会吩咐小孩子到山里多捡枞果，那种东西，肯燃，烧火坑用来引火，炖炉子都很好。山上的枞果多，一个人一天捡个几团篓是没有问题的。

转眼就到大年三十的前夜了，这一夜，一般就没什么事要做了，生产队的会计会到各家对账，各家也会主动清理家里欠不欠别人什么东西，钱是一定要还的，借的米、油，什么的，也要还清，就是一丁点针头线脑的东西，只要是借的，都会还清。我们老家，这一点风气多么好，以至于我在很多年后看春节文艺晚会，有个节目，把欠钱的演成黄世仁，被欠钱的，则成了杨白劳，很不理解。那时候我做共青团的工作，还没涉及商业上的一些事情，及至经商之后，果然就遇到不少的黄世仁，就很感慨：周家垭原本是一个多么清纯的地方啊。

　　这一夜，吱呀吱呀的门轴响声里，欠与被欠一结两清。举债不过年，这样的传统扎根在我的心底，这样的夜晚，多么美好。

故乡散记

这里是春天

从建筑的角度来看，甘溪滩镇中学乏善可陈。欣喜的是，校园内树木多，且多高大的樟树，郁郁葱葱，直耸云天，这就使得校园有了风景的意味，即使是冬春交替的季节，走进校园，仍觉绿意逼人。

甘溪滩镇中学的前身澧县八中，是我的母校。

1983年，我在继续复读和弃学治病的两难选择中，走进文科复读班复读，近一个月时，父亲带我去甘溪滩医院检查身体，医院的张院长建议我应该休学，把身体养好再说。复读班是澧县七中、澧县八中联合举办的，设在澧县八中，班主任是赵仲众老师。赵老师对我寄予厚望，但听过父亲介绍完我的身体状况后，也就同意我弃学了。弃学，意味着我再无考大学的可能，起码次年的高考是不行了。父亲本来是很重视考大学这事儿的，但他更认定"身体是革命的本钱"，又迷信权威，我则抱一种"榜上无名，路在脚下"的心态，以为考不考大学同样可以有作为。我在同学们自习时悄悄地溜进教室，取走属于我的学习用品，第二天起就不再去上课了，从此，我住在公社大院专心养病。那是 1983 年 9 月 22 日，是我告别中学生活的日子。从这一天开始，我就再也没有回过澧县八中，屈指算来，竟然三十八个年头了。

我于 1978 年从方石坪中学转学到澧县八中读初一，一直到 1981 年高中毕业，之后，又在澧县八中复读一个学期，第二学期转入澧县七中，之后，继续在澧县七中复读。事不过三，1983 年 9 月，我迎来我的第三个复读季，但因为结核性胸膜炎导致胸膜一直有积液，复读刚开始即予终止。如果不是身体问题，我不知道 1984 年的高考我是否有戏。我常常想，如果那年坚持复读，人生是否是另外的模样？但人生没有假设，只能怪命运不济，一场病恙，改变了我人生的走向。

澧县八中于 2012 年 8 月撤销，更名为甘溪滩镇中学。更名之后，甘溪滩镇中学对于它的前身，念念不忘，先是成立了澧县八中校友会，通过这个机构，与澧县八中时期的校友保持联络，随后，又设立澧县八中陈列室，劈出一间单独的房间，陈列与澧县八中有关的资料、物品。负责陈列组织事宜的皮远文老师，是甘溪滩镇中学的工会主席，他嘱咐我以校友的身份，为陈列室写一个前言。大约因为我出版过几本散文集，也算是母校走出来的文人吧，母校以为我可以妙笔生花，也是一份好意，我婉谢再婉谢，还是不能推脱，便答应回一趟母校，找找感觉再说。

春节回老家，造访母校的计划便列入了行程。某日下午，我和皮远文老师取得联系，开车去到甘溪滩镇中学，算是完成母校交给我的一项任务吧。

进出学校的通道，仍是那条缓坡路，两侧原先荒凉的山坡、土坎，都盖满了建筑，坡路因而显得狭窄。顺着坡路上行，是学校的大门，迎面左侧，挂着甘溪滩镇中学的条形校牌。澧县八中是没有校门的，也不记得它的校牌挂在哪里，大约它根本就不曾有过校牌吧。左侧，一溜平房，是拆掉原先的学生宿舍和老食堂、猪舍后重建的，地基基本未变，只是原先前后两排房屋合并为一栋了，房屋前，腾出了一个狭长的场坪，这些房屋的用途，我并没有问，学校的出纳就住在这一栋，我猜这里是学校总务人员办公、居住的场所，大约学校也有其他的办公用房在这里，因为就房屋的构造而言，是一间间的办公室模样的户型，间数多，总务处使用，应该多了些。

澧县八中陈列室就在这一栋房屋内，占了单独的一间，大约20平方米，装修一新，有陈列柜、挂屏，陈列柜内已陈列了一些物品，挂屏也有部分填充了内容，整体设计朴素，但从设计的意图看，不过是一间历史资料展览室，若要展示器物，便没有空间了。物的陈设和保留，可能更容易唤起亲历者的感情，但澧县八中时代的一些物品，学校保留的，恐怕已经很少，即便是建筑，要找到旧时的模样，也已经很难。似乎所有澧县八中时代的建筑，只有原先的大礼堂和与大礼堂垂直而建的一栋平房还在，其余都翻建过了。即使是这样，我也仍然觉得，陈列室的意义对于连接校友和激励在校学子，也会起到良性作用。我在陈列室看到过去的成绩册，看到自己的学习成绩，还是倍感亲切。

对着老宿舍的那条水泥台阶，已经不复存在。我认为水泥台阶是澧县八中的一个标志，它长而宽，是走过进出学校的缓坡之后，令人眼睛一亮的地方。它是当时进出学校的主要通道，两边长满各种树木，旁边还有一个果园，可谓浓阴夹道，校园静谧的氛围，只要想起这条台阶，就有置身其间之感。当时，这条台阶还有另一个用途：供学生洗脚。晚餐之后，台阶上就摆满各式各样的提桶或者脸盆，大家席台阶而坐，洗完脚，将洗脚水倒入台阶与宿舍之间的水沟内，宿舍临公路的那道高坎上，常年挂着一道瀑布似的痕迹，那是洗涤用品形成的，即使没有水流，看起来也像一道瀑布。

取代进出学校台阶的是一条水泥路，它横穿过台阶旧址顺食堂与果园之间的空地修就，可以通向校园各处。水泥路坑坑洼洼，远文老师说是学校正在翻建老教学楼而被施工车辆轧坏的，今后会重新敷设水泥路面。远文老师是澧县八中1983届的毕业生，之后，从民办教师做起，一直在甘溪滩一带教书，可以说，他基本上没有离开过澧县八中。他说这条路的路形早在20世纪80年代末期就已成形，也算是澧县八中时代的老路了。我记得的台阶路，很多后来的学子未必记得。他们在这条进出学校的校道上度过了他们的中学时代。虽然同是校友，我的八中和你的八中、他的八中，记忆未必是一体的。

现在的厨房、食堂这个区域，仍然是我在八中时代的所在地，只不过将原先食堂对面的教室改为了教师食堂。礼堂也是原先的礼堂，曾经显得高大巍峨，现在也还挺拔不凡。它一直保留着礼堂和饭厅兼用之功能，至今仍然继续发挥着余热，可算得是澧县八中的功臣了。总务处那栋小平房已经不见，换成了一栋比老礼堂还高的建筑物。远文说是厨房。

从校门口到这里，原先是宿舍区、食堂、总务处等，现在也还基本是，只不过是大部分翻建过了，而矗立在老总务处的水塔已不见踪影。想起水塔，我不由自主地想起它曾经张贴过我作文竞赛的获奖作文，想起每到就餐之际这里人头攒动的情景，甚至想起某一次我走过水塔时迎面遇见的一位同学，她穿一件红色的上衣，脸被冻得通红，就在迎面之际，她向我有过微微地一笑。我之所以记得这么真切，是因为我们读书的时代，男女同学之间很少有交流。我觉得我和我的好多同学似乎都是语言有障碍的人，彼此交流少，即使见到老师，也只是笑一笑表示尊敬，而远文老师陪着我走过校园时，只要有学生迎面而来，都能听到一声清脆的问候："老师好"。时代不同了，现在的学生，明显比我那个时候开朗了许多。

食堂区的西侧，从北往南，原先是四栋平房，都是教室，都有明显的特征：最北一栋住着学校的王趾雄书记、南侧是教务处、再南侧住着体育老师易建平、最南侧则是教物理的覃道松老师的住房。王书记严肃、严厉，是一个时期的符号，也是成就澧县八中名望的功臣。他的威严，是一群乱哄哄的学生在课间打闹，只要一声"王书记来了"，就立即可以鸦雀无声的。我不知道其他校友是否惧怕他，我是怕的。记得一个暑假，我去找家住学校的同学陈平换一本叫《一千零一夜》的书看，闷着头爬上台阶，一仰头，迎面站着王书记，我竟然就愣在台阶上，望着他从台阶上走下来，不知如何是好。好在王书记左嘴一咧，和我搭话了："放假还到学校来啊？"我"嗯嗯"两声，赶紧溜之大吉。现在想来，我的那份举止是多么愚笨、多么没有礼貌，却正是我不敢面对权威这一心理弱点的发端，直到很多年之后，我才揉平潜意识里的这个弱点，现在遇到权威时，表现会稍微好一点。

澧县八中于 1977 年下半年设立，设立之初，王书记就是掌舵人，直到他退休，都没有离开过澧县八中。他是深刻影响了澧县八中的一个人，他的管理理念，也并非惟高考一途。我记得，学校曾请赤峰煤矿一个技术员来做报告，主题是"时代在召唤，我们怎么办"，大量介绍了时代和未来的发展形势，这对很多从来就没有走出过山区的农村孩子，起到的作用是不言而喻的。王书记本人的报告，国内、国外，现在、未来，也很能让学生们扩大视野。还有运动会、文艺演出，每个学期都有，也算得上是素质教育的路子。就高考而言，录取率超过当时平均水平，这对一家山村中学来说，殊为不易，学校因此名声响亮。

澧县八中一度是农家子弟跳出农门的助推器，不少人因此改变了人生轨迹。凡此种种，与王书记务实的办学理念是密不可分的。

汤世生是国内金融界响当当的风流人物，曾与国家领导人王岐山搭档主持中汇公司的工作，做过银河证券的董事长。曾几何时，受家庭成分的影响，他没有资格读中学，因为会修拖拉机，而澧县八中的前身甘溪中学当时有一台手扶拖拉机坏了，有人找到汤世生，汤世生修好了，由此认识了时任校长的王书记，王书记就邀请汤世生到学校读书。1978年，汤世生考入湖南财金学院，从此，迎来人生的格兰云天。没有王书记给予的读书机会，以汤世生的性格，他也可能会考上大学，但学校在知识的系统性及考试信息资源的获取上，还是有其优势的，说澧县八中或者王书记改变了汤世生的命运，并不为过。

皮明勇也是直接受王书记的影响而得益的人，他被王书记安排在高十三班复读，考入北京师范大学，现在是军事科学院的副院长了。皮明勇原本是甘溪中学1977届的毕业生，当时没有复读一说，王书记不仅想到了复读，并上门做皮明勇的工作，没有开明的意识及所谓人生规划意识，皮明勇的命运可能就是另外一番景象了。

1980年前后，王宝国、裴传智、贺本财等一些社会青年，凭借重回中学课堂回炉的做法，通过一年或几年的补习，梦圆高考。我觉得，皮明勇的示范作用功不可没，王书记为山区学子铺桥搭路的胸怀也令人赞赏。

澧县八中另一位可用威严言之的是赵仲众老师，他一直是政治教师，后来多次担任文科毕业班的班主任。他刚到澧县八中时，和王书记住同一栋房。王书记住中间一间，他住西头的南间。他的威严在于他用教学之外的所有时间盯住学生，这种盯，在保障学生的学习时间上和保持学习的紧张感上是有所帮助的，晨读、晚自习、就寝，他都会默默地巡视，发现问题，批评起学生来，则如排山倒海，令人胆战心惊。但赵老师也是一个春风化雨的人，他一般在当众批评人之后，会把被批对象叫到他的房间谈心，这时候他就和颜悦色起来，种种劝慰和开导，令人感动不已。

与王书记一栋的，还有教毕业班语文的陈德斌老师，人称甘陈，瘦高，总是笑容可掬；教历史的王光远老师，喜欢戴一顶鸭舌帽，鼻尖常年发红，所谓酒糟鼻是也；教地理的姜本云老师，说话慢条斯理，头发不多，有些长，也有些蓬乱。他的眼神很有意思，总是细眯着，看人的时候，要隔好长的时间才会将目光收回来。这些老师都教过我姐姐，也教过我。伫立校园，想起这些老师，其音容笑貌，犹在昨日。

王书记所住房屋的前面，是一片桔园，近邻桔园的，就是教导处那一栋房了。我的中学时代，初一、高一，教室都是在这一栋，桔树开花的时候，一股淡淡的清香，飘向教室，可以提神；阳光透过窗户射进来，有时候就照在课桌上，虽然晃眼，但光柱中那些跳动的尘埃，会暂时吸引你看它一眼，一时疲劳顿消。现在，这栋房子和王书记住过的那栋房子，都已经拆掉了，代之以两栋楼房，主要用作学生宿舍，也有部分是办公室。远文的办公室在前面的这一栋，是在一楼，这么说来，原先教导处的所在地，仍然是学校的首善之区，所谓传承，精神层面固然重要，地理场所不缺位，也很有意义。

楼房的东西两侧，是两排高大的香樟树。这些树是不是我读书时就有的，真的不记得了，记忆中树是有的，似乎有椿树，但

故乡散记

现在已经找不到了。

我从方石坪中学转学到澧县八中，首先是去教导处办入学手续，然后就被带进教导处东侧的一间教室。教室的东侧，住着教导处主任陈尚林老师一家人。陈老师的夫人周永男老师教我的语文，那时候，她刚刚生了她的第二个孩子孜孜，大孩子米米也才两岁多一点。我被周老师指定为语文科代表，写的第一篇作文，就作为范文在同学中传阅，一时间给了我小小的自我满足。周老师是燃起我文学爱好热情的第一人，不是因为我写作天赋使然，而是她给了我太多的肯定和鼓励。记忆中周老师总是抿着嘴笑的模样，似乎没有不开心的事。前几年见到周老师，她因为面瘫，嘴角有微微的错位，但她的笑容似乎还是记忆中的样子。我一直是感恩周老师的。鼓励，对一个人的成长，有着不可估量的作用。我在方石坪中学时，并没有所谓的作文写得好的传说，但到澧县八中之后，就一直被认为是作文写得好的人之一，还被推荐参加《澧县中学生作文选》的写作。周老师给我的题目是《说说俺甘溪的山》，我写了，交给周老师，退回来时，已是面目全非。这篇作文最终以《山里是银行》入选县上，但真正的写作者其实不是我，应该是我的语文老师。很多人都说，我后来的喜欢上写作，与这篇作文有关，我并不否认。

用"儒雅"一词形容人，陈尚林老师当之无愧。他的衣着、举止、谈吐以及他的特有的陈氏字体都给过许多人以深刻的影响。他的仿宋体，刻制钢板是最合适的，但他平时也这样书写，工整、秀丽，而能耐心地以这种字体书写，则表明了他的认真、平静和对美的追求。还有他略带播音腔的普通话，一以贯之，形成了他独特的演讲风格。他的儿子孜孜在北京举行婚礼时，他代表家长发言，他的这种腔调，在京味儿的地盘上，也极富感染力。在我看来，他做任何事都如他写字、说话一样一丝不苟，但他并不教条，退休后，投靠女儿，居住厦门，考驾照、钓鱼、练习书法，晚年生活丰富多彩。呵，他的酒量也很大，十年前我去厦门，他女婿请我吃饭，他和他女婿当场就把我灌倒了。前几年他回澧县，我们又在一起喝酒，我也是喝得迷迷糊糊。他不是刻意灌我，略略比我喝得少一点而已，我自恃酒量不错，也就来者不拒。他没有一定的酒量，我们喝酒，我是断然醉不了的。

教导处正南，地基与教导处这一侧有落差，现状做什么，我没有留意。但肯定是翻修过的。高一时，我们曾经短暂地用过东侧的教室，教室边上，住的是体育老师乔光涛，易建平老师调离后的继任者。我那时是学校长跑队的运动员，每天早晨要参加长跑训练。体育老师易建平、乔光涛都做过我们的教练。我们从学校跑步到古堰头，然后从古堰头跑回学校，集合的地点，通常就是体育老师的门口。易老师说话略有结巴，不耐烦时，脸上的肌肉挤做一团，但人很和善；乔老师长发，三角眼，喜欢用气枪打鸟。知道麻雀可以吃就是从乔老师始，因为他打的鸟多是麻雀，并被他吃掉了。一直以为麻雀是吃虫长大的，那多么脏啊，乔老师竟然吃他，便觉得乔老师是个异人。我其实没见到过乔老师吃麻雀，我也从来不吃麻雀。好多次餐桌上有麻雀端上来，炸得油光发亮，我也不愿意尝一口，我的潜意识里，一直是觉得麻雀那种吃虫长大的东西，是脏不可言的。

这栋房屋当时还住有王可成老师、朱绪敏老师、高显彤老师、高显质老师，我甚至记得王可成老师结婚，新房就在这一栋房屋的东侧，靠南的一间。高显质老师、王可成老师教过我英语，高显彤老师教物理，朱绪敏老师教音乐。1983 年下学期开学不久，鉴于我当年高考英语考了 94 分，王可成老师还专门建议过我考英语专业。2012 年清明节，澧县八中组织校友会，我在桃花滩宾馆见到王老师，和他打招呼，他却不大记得我，把我认成了我弟弟周革强。

最南侧的一栋教室，与体育老师住的这一栋，南北相对，中间本是一块空地，做过排球场，后来改成了菜地，印象最深的是三月间，这里必然是一片油菜花的天地，充满野趣。现在挖成了鱼塘。鱼塘应该是没有天然水源的，如果靠自来水，会很浪费。不知道学校是否收集中水，几百人常年居住，生活用水收集起来，完全可以满足鱼塘用水的需要。

南侧教室东西并列的，还有一排教室，现在都已拆除，盖成了教师宿舍。这排教室，做理科教室的时候多，也偶做高中毕业班的教室。这一排共有二栋教室，东侧的一栋，当时住着教物理的覃道松老师，他曾经有腿疾，要拄着拐杖给学生上课。同时，他也是一位励志者，一边教学，一边考研究生，因此，他算是学校知名度颇高的老师。这些年，我偶与覃老师有小坐的机会。他一头银发，依然戴眼镜，但身体十分强健。他很早就练习倒桩，至今没有间断，可见其毅力了得。他现在在长沙居住，与女儿在一起，儿子在北京，自然也到北京住。他在北京最大的收获是结识了一位著名的京胡演奏家，他跟着这位演奏家学拉京胡，据说也拉得十分韵味。

我记忆中澧县八中时代的建筑以及其与现在甘溪滩镇中学的建筑的关系大致就是这样。我顺带回忆起一些老师，没有厚此薄彼的意思，因为通过谁住过哪儿的房屋来介绍建筑物，介绍起来方便一些而已。

澧县八中时代，在操场的西南，有一栋别致的房子，掩映在树林当中，那栋房屋被称为战备仓库。现在已翻建成学校的实验楼。实验楼的北侧，教学楼正在翻建。教学楼是我在读书时就有的，现在拆了重建，说明地方政府在教育上的投入还算可观。教学楼已盖至三层，脚手架围在四周，看不出其外观。这应当是甘溪滩镇中学最宏伟的一栋建筑了，不知道其外观有什么特点没有，就我参观甘溪滩镇中学的整体印象，功能组团分明，布局沿袭了历史沿革，但在建筑样式和建筑外观上，没有鲜明的特色，印象中澧县八中那种静谧的校园氛围也不大足，这可能是恋旧情绪给我的一种错觉，物非人非，融入其中，本不容易，何况我只是用几十分钟的时间匆匆走过，走马观花都谈不上，要获得更多的感受，也无可能。或许今后再来，我会有另外的感受吧，记忆中的澧县八中毕竟在脑海里镌刻了那么久远，面对一座崭新的校园，一时惶然，也在情理之中。

远文老师自始至终陪着我。我和他的经历有一点相似，他同样于1983年高考落榜，之后，做民办教师，我也是。我教了几年书之后，进城、经商，后来学习心理学，他则内招、读书、教书，也学习心理学。我们年龄相仿，他的夫人还是我整个中学时代的同学。他原本有做招聘干部的机会，但民办老师内招政策，让他看到了跳出农门的希望，他毅然选择了做民办老师；我则在民办老师内招政策不明朗的情况下，选择招工离开了教师队伍。这都不是所谓的命运使然，完全是我们当时的眼界决定了我们的选择，因此，我们都认为扩大眼界是多么重要。学校其实不仅仅是学习知识的地方，更是培养心智、情感的所在，我对远文老师说，多搞一些课外讲座，这对扩大学生的视野很有好处。现在互联网发达，获得资讯很容易，但盲目地浏览和有针对性地讲述，还是有很大区别的，希望甘溪滩镇中学的学生视野开阔，不要像我们当初那样，只看得到人生一步两步，看不清自己的未来。远文老师说，学校正在朝这个方向努力，之所以开办澧县八中陈列室，除了校史方面的考虑，更多地还是希望学生们从汤世生、皮明勇这些校友身上，看到自己的未来。

春风习习，可以化雨。这是一个多雨的季节，我离开甘溪滩镇中学时，细细的雨丝拂过面庞，我感受到了春雨的一丝清凉。

这是春天。这里是春天。

岩子口

翻阅家谱，祖先从江西搬迁到湘西北，从始迁祖开始，到我这一辈，整整 24 代。24 代人中，前几代在湖北的崇阳，之后，搬到湖南临湘，到第 13 代时，搬到现在的周家垭。屈指算来，我们周家在周家垭定居，不过十余代。据近年来修订家谱统计，以我辈为基准，上下三代，人口竟然也有数百之众。令人惊讶的是，我们这三代，居然是各代中人口最多的三代。而在周家垭真正居住过的，则以我这一代为顶峰。

祖先的几次搬迁，都是从乡下到乡下，而我们这一辈，几乎全体背离乡土，在各个不同的城市，过着与祖先完全不一样的生活。我们的子侄辈、孙辈，再回周家垭的可能性很小，周家垭，这个家族曾经的栖息地，现在就靠我们这一辈和我们的父辈，保持着与这一片土地的联系。在这片土地上，我的父辈中，已经只有为数不多的几个老人了，我这一辈，则全体挤进城里，但因为老家还有房子在，过年过节偶尔会回去住一住，我们的晚辈，也会跟随着父母，与老家保持着一种并不亲近的关系。也许，周家垭今后也会有我们周姓人继续繁衍生息，但达到我这一辈的人口规模，恐怕很不容易了。

中国人向来是有乡土观念的，曾经，叶落归根，是中国人与乡土保持联系的终极信仰，于是，在外当官，要告老还乡；外出经商，也会衣锦还乡；即使是客死异乡，也是以运回家乡入土为安为生者对死者的慰藉。我曾经去一些古村落访问，大凡一地像模像样的古建筑，都是叶落归根、告老还乡、衣锦还乡的伴生品，但现在人们只要进城了，就很少有人可以在老家建房了，一个乡下人，只要进城，无论是考学、为官、当工人、参军，如果有机会留在城里，是绝不会再回到乡下定居的。我就想，城市也不是这一时代才有的，为什么以前的人们偏偏喜欢叶落归根呢？而现在，人们又几乎忘记了叶落归根这一传统了呢？

春节时，我照例去给爷爷上坟。但坟前明显已有别人祭拜过的痕迹。这是因为爷爷和曾祖父、曾祖母葬在一处，我们这一根藤还在五服之内的，总会有曾祖父、曾祖母其他的后人到这里来祭拜的缘故。我到周家垭祭拜，许多年来，都只在这一处，既拜了爷爷，也祭奠了曾祖父、曾祖母。其他已经故去的长辈，分葬在不同的山凹，要祭拜，那是一项很浩大的工程，一天半晌根本就祭拜不过来，我只好作罢。

每到这时，我会想起岩子口，那一片山林中，有几座坟堆，是最早从临湘迁来周家垭的那一代及后几代的百年之地。始迁周家垭的那一代祖先葬在一个叫猴子坡的地方，家谱上有记载，但具体位置，我并不知道。离岩子口不远，葬在山顶，这种葬法，我知道的只有家族中一个中过秀才的老爷爷，是葬在祠堂边上的一个山顶上的。那个葬在猴子坡的祖先，死后安身于那个山顶，是不是有遥望故土之意呢？毕竟他是第一个来周家垭的人，他来的时候，只带了一个儿子和一个侄子，他在临湘是有亲人的，他在周家垭开疆拓土，至死可能就再也没有回过临湘，托体山阿，寄托着那一代人对故土的不舍吧，我愿意从这个角度去猜想。

岩子口是两山相夹形成的一个豁口，豁口的西侧，由东往西，地势呈台阶式上升，到周家垭形成最高点，而随着地势的上升，豁口渐次展开，两边的山体包围出一片凹凸不平的土地，我老家就在这片土地的西南侧；豁口往东，是一长溜谷地，愈往东去，开口愈大，是一个典型性的喇叭形状。站在岩子口，东西两侧无论是南面还是北面，都是凹进去的。这个地方两面山体圆润饱满，北侧常年有一股泉水顺山溢下，流入东侧的一条小溪中，从风景的角度，可谓山清水秀。但从风水的角度，有一个我从小就知道的说法："两头一个凹，代代出寡妈"，所以正岩子口是不住人的。20 世纪 70 年代，这个地方修筑了一座大坝，岩子口的西侧，就成为一座水库，可惜水库蓄水能力差，抗旱防涝发挥的效用少，反倒凭空生出一座大坝，阻碍了东西往来的道路，原先的小溪也截断了，地下的渗水被压在大坝下，大坝的东侧，常年是一大块湿润的泥地，却不能形成水面，原先北面山上的流泉，不知为什么也突然消失了，水库只能靠自然集水，但渗漏严重，成为赘物，而两边的山体，因为取土和山水集聚起来时的浸润，一年四季都是裸露着的，显得十分的荒芜。每次经过这座水库，瞥见那一摊瘦水，常常就遗憾原本一个山清水秀的地方，变得荒凉突兀了，就觉得当初修这座水库，实在是一件划不来的事。

水库修造的时候，我年纪尚小，但记得水库西侧的库区，原本是住着几户人家的，那是吕家屋场。屋场位于一个高台，台基用青石板围着，门前就是一条小溪，对面的山泉，在屋场的东北面，顺着小溪是通往山外的道路。那时候，我并不知道，我们周家的老屋场，也在那一带。长大后，翻阅家谱，发现岩子口是祖先来到周家垭的第一站，也就是说，以岩子口为界，东边是我们周家的老屋场，西侧则住着吕家，只是不知道吕家是早在周家之前就来了呢，还是在周家之后来的，但显然，周家和吕家，有着撇不清的渊源。

我们那一带，吕姓人集中的地方叫吕家峪，在岩子口的背山、猴子坡下，岩子口住着的一支，与吕家峪应该是一个家族，而吕家峪，也有周家子孙居住。我在家谱上看到，先祖初来周家垭时，定居的地方竟然是岩子口，而现在，岩子口显然是一个人迹罕至的地方，此时，我会对岩子口自然就升起一股无法说清的情感。后来，又知道最早的几代祖先，就埋葬在老屋场所在地，我对岩子口的亲近感，更清晰了许多。

岩子口那一片谷地，是上好的水田。两面山上，树木葱茏，加上水源因素，我觉得先祖选址还是很讲究过一番的，但为什么后来放弃了这一领地，全部集中在周家垭之上居住呢？我认为与那个风水的说法有关。这是迷信思想使然乎？似乎并不是，我们家族，很多代都有兄弟的子侄过继给某一房的事实，说明香火传递曾经困扰过这个家族，我不知道这是不是周家子孙放弃岩子口的原因。

吕家放弃岩子口，则是因为吕家屋场位于库区，不得不搬迁。吕家屋场住着三几户人家，我印象最深的是吕友森老师一家。吕老师年纪轻轻就白了头发，我们小时候，都觉得吕老师是个异人，见到他，会偷偷地叫他"白毛"。吕老师的父亲，我印象不深，似乎不爱说话，但吕老师的母亲，我记忆深刻。她很和蔼，穿着也很整齐，我们叫她翠伯娘。他们一家后来搬到外村去了，大约是去了翠伯娘的娘家。吕老师的房子被拆时，我们曾经去看热闹。农村里一般都是拆房建房，这是很喜庆的事，但吕老师家拆房时，翠伯娘坐在门口失声痛哭，让小小年纪的我们，知道搬家不是一件好事。后来我做房地产开发，遇到拆迁户中的钉子户，要做说服工作时，我的脑海里总有翠伯娘一双红肿的眼睛晃来晃去，常常就与钉子户无话可说了。

吕老师搬家之后，每年都会到周家垭来。岩子口的西南侧，一个叫黄土凸的山麓，住着他的同宗叔父一家。地势比岩子口高，不会被水库淹没，所以吕家屋场的人家搬离时，这一家留了下来。吕老师来周家垭，是否因为这个原因，我也只是猜测，但他春节时，来周家垭多，是很确切的，因此，周家垭的大人小孩，都认识他，他也认识所有周家垭的人。后来，他成为很多周家垭子侄的语文老师，给予过周家垭一代读书人很多的关照，他是个乡土情结很重的人。

吕老师的同宗叔父，我们叫武松伯，是个瓦匠。他是周家垭唯一的瓦匠，人们建新房，当然要找他，但更多的时候，他的活计是"翻屋"，就是将屋顶上的瓦片重新翻盖一遍，将有漏雨的地方修好。其次，是砌灶、修猪栏之类。我们那地方，有裁缝、瓦匠、木匠、石匠，还有杀猪佬、骟匠、铁匠、弹花匠、榨油匠等，这些匠人让乡村生活变得非常方便，我不知道别的地方，是否也有这么齐备的匠人部落，但周家垭一带是有的。

武松伯有三个儿子，其中一个叫吕友春，小时候见他打过渔鼓筒，他们三兄弟中，我和他比较熟悉一些。他的儿子，叫吕学军，现在四十多岁了，在家养鸡、养猪，平常见到他的微信朋友圈，都是在叫卖猪啊鸡的，语气里还透着自豪，我以为他很满意他的这种生活。春节时，我对他做过一次采访，问了他一些问题，其中，最主要的问题是他对他的现状是否满意？他回答说不满意，根本不喜欢乡下的生活。他的孩子，在外面打工，他希望他的儿子能在城里安家立业，绝对不会主张儿子回到乡下来生活。

吕学军的朋友圈，不时会有视频，拍他养的散养的土鸡。这时候，我觉得他是开心的，他会在朋友圈里，骄傲地宣称他的鸡是不吃饲料的，是真正的土鸡。有一次，他甚至在朋友圈感慨："养几只土鸡，还这么受待见！"大约是买他鸡的人请他吃了饭，他有所感触，就发了那个朋友圈。正是这一条消息，我产生了采访他的念头，谁知道他其实对他的乡居生活是不满意的。

吕学军与他同时代的农村青年一样，早年在外打工，去过宜昌、韶关等地，大部分时间都是当地的小钢铁厂。后来，小钢铁厂纷纷倒闭，自己年纪也大了，就萌生了回家的主意，在老家搞起了养殖业。规模不大，但也足够养家糊口。我问乡下像他这样的人多吗？他说并不多，整个周家垭，除了他之外，只有一户养羊一户养牛。周家垭山多，但适宜放牧的草地少，因此，对于养羊和养牛，人们并不支持，背后说三道四的多，但他养鸡、养猪，都在自家屋前屋后，不太影响乡邻，因此遭受的非议比较少。

吕学军的家在通村公路的边上，还是老屋场。我每次回家，都会经过他家门口，然而，他家的房屋是否翻修过，我来来去去多次，竟然没有印象。春节采访时，我也忘记问了。我只记得，他们家，是离岩子口最近的一户人家。

十大碗

钵子菜是澧县现时的饮食特色，说是凡待客，主人热情不热情，只消看桌子上有多少炉子就行。所谓钵子菜，其实是炖菜，带汤汁的菜品装在各种称之为钵子的器皿里，燃一炉火，咕噜咕噜炖着，冬天里吃得热乎乎，夏天往往就汗流浃背，人们却是乐此不疲。

这样的饮食风格，确实有些特色，但我记得，小时候，炖菜也有，但炉子用得有限，一般只用一个炉子，过年的团年饭，会用到两个。相比于炉子而言，大碗菜总是正式一些，一般不少于十碗，号称十大碗。如果说现在菜品丰盛不丰盛要看钵子的多少，很多年前，则是论菜碗的多与寡。大凡宴请，必然要凑足十大碗。

过年的团年饭，当然也是十大碗。

大年三十这一天，周家垭唯一的堰塘，从天刚刚麻麻亮起，三个塘角，就聚满洗洗刷刷的人们，大家洗刷的，是过年要用的腊货：猪头、猪蹄子、羊肉、鱼、香肠，整块的猪胯肉，量大，足够满足整个春节所需。这些腊货(鱼和猪蹄子除外)洗净之后，放在大锅里，猛火煮熟，再捞起来，分成份，放在一个大号的缸钵里，以后每一顿饭，就一份份地拿出来，回锅烹饪，几乎是每家每户的惯例。

周家垭的灶，是一个叫松瓦匠的人一家家砌出来的，形态都一样。一大一小两个灶塘，各砌成圆形，连为一体，烧火的那一面，叫灶门口。灶一般靠一侧墙，灶门口则对着另一侧墙，这样，灶门口和对着的那一侧墙就成为烧火和堆放柴草的区域，做饭时，会有老人或者小孩专门坐在灶门口烧火。

灶是专业瓦匠做的，大小、灶塘、烟囱，都有一定的规制，并且用混了很多稻草壳的石灰浆粉得整整齐齐，看起来整洁而灶面宽裕，炊具、碗碟都有地方放。现在，农村里用燃气灶和节能柴火灶的多，周家垭也不例外，但我看见，很多人家还保留着原先的土灶，即使是新修的楼房，也会在灶屋砌一口这样的灶，只是灶面会抹水泥、贴瓷砖，而早先是只有石灰浆抹一抹的。这种灶用得久了，灶面油渍水泽，一般就成为黄褐色，却不起壳，除非瓦匠不用心或者主妇不爱惜。灶是一户人家的脸面，灶砌得周正不周正、收拾得亮堂不亮堂，往往成为一个家庭是否兴旺的标志，若是哪家的灶收拾得不好，背后里会被人讥笑的："那个邋遢婆娘，你看她把个灶弄得像猪栏"。谁愿意灶成为猪栏呢？

煮肉用的锅叫老天锅，锅沿直径一般不小于一米，煮饭、煮肉、煮猪食，做豆腐、熬糖、炒东炒西，使用的频率不高，却绝对少不了。日常使用多的是另一口小一些的锅，只有老天锅的三分之一大，炒菜、煮饭，无所不能。现在，一些城市以"柴火饭"为噱头的餐厅，通常用这样的锅。

煮腊货需要时间。火候主妇掌握，一般是用一根筷子从肉皮那一面插进去，能够顺利插入，就算是煮得差不多了，但具体煮到什么程度，各人是不一样的，总体而言，煮得嫩一些总比煮得太烂要好，因为这些肉品最终做成菜，还有一个回锅的程序，煮得过于烂，回锅的菜品就会不成型，影响观感。

腊货煮好之后，煮完腊货的肉汤，一般会煮一锅萝卜，以后每一顿饭，一碗带汤的萝卜，既有油味，又有萝卜的清爽，端上餐桌，几乎人见人爱。春节时节的萝卜，水嫩，用肉汤煮过之后，带点儿甜味，还有纤维质的那份劲道，是萝卜一种比较好的吃法。当然，也有不煮萝卜的，但肉汤绝对不会浪费掉，留下来，可以煮豆渣、煮青菜、煮霉干盐菜、煮千张。肉汤很咸，在物资匮乏的年代，是可以当盐来用的，现在过年，人们是否还留肉汤，不能一概而论。我见过有亲戚是直接将肉汤倒掉的，这只能说明，生活条件的改善，人们的行为方式可能会发生一点改变，但是否乡下人家都倒掉，我没有调查，不敢说普遍如何如何，但许多年前，确切些说，是那些缺吃少穿的年代，肉汤，谁也舍不得倒掉。

煮完肉之后，老天锅接着会煮饭，也是一大锅，米粒开花之后，滤掉米汤，然后用甑蒸上。这一甑饭，是甑有多大就会煮多少米、蒸多少饭的，不怕多，因为整个春节，都会派上用场。团年饭吃剩下来的，会装进筲箕里，以后的几天，家人自用或者待客，就不需要再煮饭了，直接装一些到甑里，蒸热，又是香喷喷的白米饭。这是春节时方便主妇的一种方法，也是一年到头，过一个丰衣足食的年的奢靡。

周家垭用甑蒸饭，只有红白喜事和春节两种时候，家家户户都会有个甑，有的人家，还会有大甑和小甑。甑除了蒸饭，还蒸菜，当然，用到用甑蒸菜的场合，也必然是春节或者红白喜事的时候，这一类场合，有必须使用甑的蒸菜，如扣肉、蛋卷，但用甑，主要还是保持菜品的热度。南方春节时，天气还比较冷，而菜品往往比较多，一个菜炒好了，炒下一个菜，先炒的菜可能就凉了，放进带有热气的甑里，上桌时，菜还是热噜噜的。

说到甑，我觉得有必要描述一下。甑是一种蒸具，用杉木板箍成的一种圆筒形的木器，上口略大，下口小，内中有一个圆形的隔板，从上口放进去，到一定的位置，就自然卡住，隔板与上口之间的空间，就可以用来蒸东西了，和蒸笼的原理一样。甑大小不一，大的直径一米多，小的直径在一尺左右，通常为圆形，也有方形的。方形的多用于人多的机关，一般家庭少有方形的甑。

甑蒸菜品时，主要是肉类、蛋类。

鸡鸭鱼肉鹅五类食材中，周家垭很少用到鸭和鹅，山区么，缺水塘，鸭和鹅少见。鱼不常有，但过年是必须有的，也并不讲究是否是新鲜或者腊货，只要有鱼就行。但若是新鲜鱼，则这一条鱼无论是团年饭时还是以后几天待客，都会完好如初。整鱼上桌，讲究个"年年有余"，而周家垭鲜鱼少，弄条鱼不容易，不去吃它，主客都心照不宣。这条鱼当然不会永无休止地摆在餐桌上，最终是要吃掉的，什么时候吃，有两种情况：一是一般正月十五后吃，另一则看主人的心情吧。某一天，觉得鱼摆得久了，不吃可能会坏了，就会让家人吃了或者有客人来的时候，主动邀请客人吃掉。

十大碗，如果有鱼，就算有了第一碗。

再一碗必定是鸡。鸡有活鸡和腊鸡两种。团年饭这一天，往往用活鸡。做法也一致，剁成块，用猛火炒，加一把花椒、一把辣椒、适量的水和盐，然后装进鼎锅或者吊锅，在火坑的大火上炖。炖熟之后，掇进碗里，又一大碗成了。鸡也会用炉具，像我开头说的钵子菜那样上桌。

第三碗是羊肉。周家垭家家户户都养羊，都做成腊货，都在过年时节吃。周家垭的习俗，牛肉和羊肉，开春之后就不吃了，一直到冬至。说是牛羊肉热性重，不该吃的时候吃了，对身体不好。我进城之后，发现城里人是没有这个规矩的，一年四季都可以吃牛羊肉。周家垭恪守传统，春节没吃完的羊肉，虽绝不会丢掉，开春了，也照样会吃，但都会在夏天到来之前吃掉。

第四碗是大块腊肉。这是将煮熟的腊肉切成大片，回锅再炒的一种吃法。调料是青蒜。也有加豌豆酱或麦子酱炒的。这种腊肉肥的部分黄沁沁的，而瘦的部分透着褐红，肥而不腻，是十大碗必不可少的主菜之一。

再有就是豆腐和千张。两种必有一碗，但豆腐是主流，因为千张制作起来要麻烦一些，一般都是赶场时买来，不买的人家，就只有豆腐了。豆腐可以说是周家垭过春节时的当家菜，都是切成大片大片的一块，用油一煎，一面或者两面煎出焦黄色，加水煮，放点儿盐和葱花，就十分可口。豆腐是春节前就预备好的，一砖砖浸泡在腊水里，十天半月都不会坏。烹饪简单，平时又不常见，待客算得稀罕物，因此，春节期间的十大碗，总是少不了它，当然，主人家有千张时例外。千张烹饪起来简单，用点肉汤直接一煮就成，和豆腐同出一源但口味大大不同，十大碗中，有一碗千张，算是比较奢侈的事。

猪蹄、猪头肉、香肠、血瓹、猪肝、牛肉，还有竹笋、海带、当季的青菜，都是十大碗的备选。

只要提到十大碗，一定没有狗肉，也不兴上胡萝卜。养了狗的人家，也会将狗肉做成腊货，平时一家人打个牙祭，绝不会在团年饭做，也不拿来待客。"狗肉上不了台面"，这是我从小就知道的古训。不用胡萝卜，这个原因也很清楚，不是"缺了胡萝卜就赈不成酒吗？"那么，没有胡萝卜，我还是做出了十大碗，那是多么值得自豪的事啊。

春节的菜品，无论是团年这一天还是春节期间，其实不止十大碗，平时的红白喜事，论菜品丰盛不丰盛，则十大碗一定是个关键词。比如，你去一户人家吃酒，回来别人问，那家的"东道"怎么样？你如果说，"东道好得很"，人家会不知所云，你若说，"那还用说，十大碗"，问的人就知道"东道"一定不差。"东道"是周家垭人的土话，指的就是菜品。当然，其内涵可能远不止菜品那么简单，但所指一定会包含着菜品的。

周家垭的红白喜事，十大碗是个标志。红白喜事的场合，腊货少，菜品中会增加与鲜肉有关的品类，比如扣肉、肉丸，若是菜的种类少，甚至会用面条做成菜。说个没见识的事情。因为我们那一带不兴吃面条，偶尔有面条都是在菜桌上，以至于我上中学后，见到有人直接在供销社的饮食店专门买面条吃，曾经疑惑人家怎么只吃菜而不吃主食呢？在极端情况下，我也曾见过有办红白喜事的人家，一桌菜确实是十大碗，但每一种菜都是双份，其实只有五道菜。

澧县现今时兴的钵子菜，我认为与红白喜事的做法有关。我们那一带的红白喜事，会安排酒席，叫赈酒。凡赈酒，厨师会先埋一溜炉锅，将一些适宜炖的菜做成成品，装在炉锅内，上菜时，直接盛一碗出来，端上桌，可在同一时间同时让来吃酒席的所有人都吃上饭，这种菜往往慢火细炖，味道渗进材质内，又能保证热菜上桌，很适宜多人同时就餐的场合烹制。炖菜不同于一般的炒菜，味道别致一些，渐渐地就成为一种烹饪的时尚，以至于现在人们在餐馆就餐，将钵子菜成为待客隆重与否的标志，成为澧县餐饮业的一个特色。而钵子菜的食材，可谓五花八门，贵重的数乌龟、甲鱼、蛇，也有肥肠、各种腊货，当然有狗肉，很多年前人们不吃的东西，都成为钵子菜的珍品，比如乌龟、甲鱼，小时候即使穷得没饭吃，我们也不会去吃乌龟和甲鱼。大人们教导我们说，那些是叫花子吃的东西，意思是说，你要做叫花子，你就去吃那些东西吧。我在城里，偶尔吃到乌龟、甲鱼之类，就会想起小时候宁可饿肚子，也不找乌龟、甲鱼吃的乡俗来，因此，遇到有这些品类的场合，从来不主动地吃它，我请客时，担心不点这些叫花子吃的东西，会被别人认为我小气，也会点，这不能算我主动；别人请我时，可能也会当这些东西是好货，以为给我一份礼遇，实际上，我是不大吃的，象征性吃一点，起始有一些倒胃口，后来就成为习惯：不爱吃的东西，少吃就是了，但不反对别人吃。

写到这里时，我想起十大碗作为一种标志，似乎早就从身边人的意识里淡出了。我在家人、在亲戚朋友口中，已经很少能听到十大碗的表述。曾经到一个餐馆点菜，刚好点了八个菜，有人就说，多点两个吧，凑个十大碗。我就想起周家垭关于十大碗的那些记忆。十大碗，曾经丰盛的象征，现在随随便便就可以实现了。

今年的团年饭，我和我表妹的儿子青锋共同打理。青锋先天晚上拉了个菜谱，有十六道菜，算一算人头，只有十个人，我就说够了。第二天实际做的时候，母亲变成了总指挥，她一会儿说做个这个菜吧，一会儿说做个那个菜吧，结果上桌之后，远远超出预计的菜数，多达二十二个。这些菜自然是一顿吃不完的，我对母亲说："看，好些菜还没动筷子呢，真是年年有余啊！"老太太很高兴，说："过年就图个好说头，连年有余，好啊。"我晓得过年是绝对不能说不中听的话的，老太太不能主厨了，却希望菜品越多越好，我和青锋也就不怕辛苦，任性了一回。我和青锋的分工是，他是掌勺师傅，我是厨师长。平时我爱掌勺，这顿饭交给青锋，是因为他还是学生，学的是厨艺，给他一个实践的机会。他假期有个作业，帮家人做一桌饭，正好一搭两就便。于是，做好之后，青锋拍了照片，不知道交到学校后，评价会怎么样？我是很满意的。这里面，有我对他的信任，他毕竟还是个学生，拿不拿得下火，根本没底，所以，我就自封了个厨师长的角色，但我还是敢于放手的，既然要支持他，就真的没插手。不承想青锋驾轻就熟，三下五除二就把一桌饭拿下了，已然是个称职的厨师。以后家庭聚会，做饭这一项，我是可以当个甩手掌柜了。

青锋这一代人，算是赶上了好光景。他一出手，就是十六个菜的计划，我小时候最热闹的"东道"，仅仅是十大碗。我的见识从十大碗起步，我们的下一代，显然不知道十大碗对我有过的诱惑，他们生来虽不是锦衣玉食，至少是没有吃不饱饭的体验的，这也是时代进步的必然。

守岁

寒冬腊月，哪家门前置一个硕大完整的树蔸，见到的人，必然感叹："好大的树蔸啊，守岁时的好家伙"！一见到大树蔸，就想到守岁，可见树蔸是守岁必不可少的东西。

早先，入冬之后，周家垭的人家，都会启用火坑。在堂屋进门的左侧，用石块或者陶砖、土砖围成一个正方形的池子，里面覆一些土，就是火坑了。上方悬一根麻绳，在麻绳的下方，安上梭钩，这是火坑的标配。梭钩是一个可以上下伸缩的铁质的挂钩，挂吊锅用的，烧火坑时，可以在吊锅里煮饭、烧水和炒菜。另一个物什是撑架，也是铁质的，三条腿，连在一个圆环上，架进火堆里，用途和梭钩相似。还有火钳，整理火堆用。再有，就是吹火筒了。吹火筒是竹制的，一米多长，将竹节一层层旋开，只留最末的一处竹节，在其上钻出一个细小的圆孔，用时，将钻孔的一端对着火堆，另一端，贴在嘴上，鼓腮一吹，火堆就会燃得旺旺的，是烧火坑必不可少的物件。

吹火筒也用在灶门口，柴草不肯燃时，只要用上吹火筒，问题就解决了。吹火筒一般都是干得发枯的竹筒，易燃，使用时不能贴近火源。

火坑没有专门的烟道，烟尘就直接排放在室内，烧过火坑的屋子，墙壁都会被烟火熏得黢黑，讲究的人家，会有专门的火坑屋。

我离开周家垭外出闯荡时，这种火坑已经废弃，人们用一种带烟囱的炉子烤火，烧水，做饭，燃料则可以是煤炭也可以是柴火，因为有烟囱，屋子里就干净很多。现在，这种炉子发展成为一种节能炉，多以柴火为燃料，但极其省柴，上面还加了耐热玻璃做的桌面，既烤火，又做灶具和餐桌，湘西北农村很常见。这种炉子，当然都有专门的屋子安置，似乎应该叫烤火房，但大家都习惯叫它火坑屋，虽然火炉和火坑完全是两种不同的东西，但它们的效用都是一致的，这就是：供人烤火。

起始，那种既烧煤又可以烧柴火的铸铁炉子，我还是蛮喜欢的。它是一个圆鼓形，占地不多，有风门、出灰口和炉口，炉子烧得旺时，可见铸铁的炉身发出通红的亮光，很有点围炉而坐的氛围。后来，改成了笨重的节能炉，其上还搁一块圆形玻璃，既是烤火的炉子，又当吃饭的饭桌，看起来方便、实用，但炉火是看不到的，人与火缺乏交流，围的是火炉，却没有烤火的视觉交流，仅仅凭身体的冷热感受炉火的旺与不旺，烤火的意趣就少了许多。至于围着火炉吃饭，我总觉得没有坐在餐桌上吃饭那么正式，是人类原始生活方式的延续，我坐在这样的火炉边吃饭，总有野炊的感觉。

国外的壁炉，有大块的玻璃，嵌在炉壁上，让它成为炉体的一部分，烤火的人，是可以隔着玻璃看见明火的，保留了烤火的那种原始性，却是文明了许多。我们的节能炉具，则把玻璃用作桌面，放置吃食，也是人类最初围火弄吃的那种方式，并非不文明，却是显得随意了许多。这涉及吃的文明，各人感受不一，但假使以方便为说辞，则一般人家的灶台，也是可以用来吃饭的，但为什么人们并不将灶台利用起来改造成吃饭的餐桌而要另外备餐桌呢？

火坑、烤火炉，湘西北的冬春季节，乡下谁家也少不了，再穷的人家，也烧得起一堆火，只要这家人不懒。周家垭是湘西北无数普通村庄中的一个，它的习俗，有与众不同的地方，但用具，受环境的影响，不仅与时俱进，而且与周边十分同步。火坑流行的时代用火坑、流行烧煤时就烧煤、带玻璃桌面的节能灶出来了，赶紧换一个。说实话，用火炉烤火，功效和火坑差不多，从防止失火、室内洁净、空气质量等因素来考虑，火坑几乎乏善可陈，但火坑燃起的熊熊的火光，总是记忆里最亲切最温暖的场景，尤其是守岁夜晚的火坑，只要有人在，始终都会柴火如炬，因为这一夜的火坑，燃起的不仅仅是温暖，还是人们对下一个年景的希望：火旺，日子就旺。

曾几何时，人们拿中国的春节与外国人的圣诞比，认为春节少了些仪式感的东西，因而不及圣诞节有魅力，这是外国的月亮比中国的月亮圆的翻版，单单一个烤火，其实就是极有仪式感的：

故乡散记

吃过团年饭，家人洗完澡，换上新的衣服，就会到火坑团聚，开始守岁。首先，一家之主会指挥家里力气最大的那个人将早就预备好守岁时要烧的那个大树蔸搬来火坑，架在尚在燃烧的火坑上，自己或指定某一个人专司烧火，树蔸架上来时，他会喃喃自语：旺火旺火，四季红火。这分明是很有仪式感的，在他的行为里，既有对未来年景的企及，也包含对火神的崇拜。假使平安夜的圣诞树，那一个一个闪烁的小灯泡属于西方人对新年的寄托，则火坑里熊熊的火光，就是古老中国文化里，人们对未来美好岁月如火的祝愿和不灭的希望。

从围着火坑烤火开始，到次日放过迎新爆竹之后结束，记忆中，这才是最规范的守岁。之后，愿意睡觉的可以上床睡一小会，不愿意睡觉的，就左邻右舍去拜年。通常也睡不成觉，因为正月初一的早上，各家彼此还有一个送早茶的习惯，煮鸡蛋，三个一碗，佐以红糖水，这是一种送法；混沌、汤圆、还有面条，又是一种送法，一般是娶了新媳妇的人家送，起码连续送三年。

我们家的守岁，是从家庭会开始的。父亲是主持，在我还小时，不用做自我总结，背当时流行的政治诗词，背下来了，就算过关，背不下来，会接受父亲的批评教育。长大一些后，就要做自我总结和谈新年的规划，这实在是一件难做且枯燥的事情，因此，每当父亲宣布家庭会结束的时候，我就会如遇大赦一般，欢喜雀跃。

母亲主持家庭会时，没有父亲那么正式，她的职业是民办教师，教育孩子有一套比较好的方法。温和、严厉。遇到父亲在单位值班的年景，家庭会议甚至会成为过场，她会吩咐我们早点睡，第二天好去给父亲拜年。

我离开周家垭之前，家里一直没有电视机，大年三十晚上，也就没有春节联欢晚会可看。我们守在火坑屋里，在火坑的热灰里埋几个甑糕，拿出花生、米糖，把所有的幸福的感觉具体到对食物的享受上。但烤烤火、弄点儿吃的，终是枯燥，不久，大家都会睡意阑珊，母亲便会催我们早点儿睡，她自己呢，则在火坑边打盹，直到屋外有了迎新的爆竹声，她才用谷壳盖住火源，去睡个囫囵觉。而这时，我和弟弟往往会被爆竹声吸引，打开门，跑到别人家门口去捡零落的鞭炮。

周家垭人家，通常是初一的早晨起床之后才放迎新爆竹的，打开门，放一通炮仗，以示辞旧迎新。我们家是从来没有这个仪式的，父亲说，那是迷信。但吃团年饭前、给爷爷上坟，又放，父亲就是这样一个矛盾体，他不因循乡俗，显得很自我，不仅剥夺了许多属于我和弟弟年少时的欢乐，还做出个一些让人难以接受的事。比如姐姐姐考上大学后，他坚持要扎个花圈送到爷爷坟上去。一座旧坟，突然出现一个新花圈，母亲和我们几个小孩都觉得碜人，他非要坚持。第一年还是送了，第二年他要继续送，我们坚决反对，加上第一年送过之后，社会上也有过不少不中听的话，他终于扛不住一家人的反对，没有十分坚持。

我高中毕业之后，在附近的学校当民办教师，每月有36块钱的工资。那时，弟弟还在上中学。那年春节前，我给弟弟一些钱

149

故乡散记

让他去买爆竹，说今年我们要狠劲地放一次开门爆竹。这是我和弟弟第一次用自己买来的爆竹，在自家门口以放爆竹的方式迎接新年，所有的爆竹都归弟弟放，我在爆竹声里，感到十分得意，那一年，我 16 岁，也是玩心重的年纪，但做了一件别人家都做的事，就觉得自己十分了不起。

城里人的新年爆竹是在正月初一的零点时分就放的，开始不习惯，后来也就随俗。守岁守到转钟时，人不疲倦，且符合守岁和放爆竹的本意：年是一个怪物，每到新年时刻出来作祟，但它特别怕爆竹。守岁，就是将家门关紧，不让这个怪物溜进来，而它终究是要来的，因此就点燃爆竹，爆竹一响，它就吓跑了，此后一年都不会再来。小时候，我们并不知道守岁的来由，只知道周家垭的习俗，守岁时是要守通宵的。这可能与计时规则的不一样有关。我们小时候，是以天色有亮光才算新的一天的开始，而国际通行的规则则是以一天的零时开始。因此，早先周家垭放新年爆竹只看天色，天没亮，哪家要放爆竹，别人会骂你神经病，一般都是山边有了天光而地上还看不清路时放，等到爆竹放完，则天正好大敞四开。那时的周家垭，保留的是农耕时代的传统吧？

我们周家屋场似乎都没有给压岁钱的习惯，别人家给不给，我不知道，反正我小时候从来没得到过压岁钱。我知道过年会有压岁钱这回事，大约是小学四年级时，班上一个同学和我说起的。她似乎惊讶于我对压岁钱的一无所知，便告诉我与压岁钱有关的一些事。她说，守岁时，大人会给小孩红包，里面装着的就是压岁钱。这个记忆说明，我知道压岁钱这回事很晚，但并非周家垭一带没有给压岁钱的习俗。我们一屋场的人不遵从这一习俗了，但兴这一习俗的，还是有。这应当与时代背景有关：一是移风易俗，二是反对封建迷信，压岁钱被当做不好的习俗被反对，才是我们小时不知道或者得不到压岁钱的真正原因。现在给压岁钱则很普遍了，大人给小孩、晚辈给长辈，似乎是过年的必须。

今年春节，我和表弟一群人是真正地守了一个通宵的岁。我们打麻将。麻将是消磨时光的玩物，不知不觉，一个晚上就过去了，不象小时候守岁，只能是硬座，除了弄点吃的，看电视的机会都没有。这样的守岁是需要毅力的。但我的周家垭的长辈们，似乎都坚持得比较好。

除夕夜，我们麻将战得正酣，忽然窗外爆竹声声，长茅岭的夜晚，一时炮声震天、五彩斑斓。时间还不到转钟的时候，记忆中还不是放迎新爆竹的时刻，但就在一刹那，长茅岭各处传来啪哩叭啦的爆竹声。爆竹和焰火，成为这个时代新旧交替的象征，而我们小时候，却是只知道有爆竹而见不到焰火的。描写焰火的那个词，火树银花，来源于中学课本，并没有亲身的体会。我第一次见到焰火，是参加工作后，工厂举办焰火晚会，此后在城里生活，见到焰火就很平常了。现在，长茅岭，一个乡村，焰火也是平常物了。我忽然想起，周家垭还会等到初一破晓时才会放迎新的炮竹吗？时代变了，周家垭是不是也会与时俱进，开始在午夜时分燃放迎新的爆竹呢？会不会也有焰火呢？我很多年没在周

故乡散记

家垭过春节了，那里的物事很多只在记忆里，我美其名曰回到故乡过年，过的只是与儿时的记忆相割裂的生活。人在故乡，并非就是回到故乡。

去年过年时，我买了爆竹和烟花，别人家放时，父母家的小院，也是爆竹阵阵、焰火如炬。今年，我竟然忘了买了。幸好表妹夫买的有。爆竹在院外一点燃，浓重的硝烟味就扑进我们的麻将屋。我提议出去参与一下，不知谁反对，说："我们打一夜麻将，就是最好的守岁了。爆竹让他们放就是了。"

我们打着麻将，果然守岁到天亮。

周家垭美食记

似乎，周家垭是一个物产十分丰富的地方，那里什么都可以种植，因而食物品种繁多。稻谷一年两季，不种稻的季节，有时候种紫云英，但很多年份种油菜；旱地则种玉米、高粱、苦荞、麦子、粟米、红薯、蚕豆、黄豆、小豌豆、花生、绿豆、棉花、蓖麻等等。这是集体通常要种的作物。私人的自留地，除了蔬菜外，喜欢种绿豆、饭豆、黄豆，有些是不需要种的，一年四季，应季而生，如洋姜、韭菜、黄花菜、向日葵，年复一年，总是在它该长出来的季节就长出来了。蔬菜品种之丰富，现在想来，真的是那个粮食欠缺的年景里难得的裹腹之补充。遗憾的是，油水少，粮食不充足，想起来，总是觉得饿肚子。凭心而论，说小时候没有吃的并不确切，准确地说，是喜欢吃的东西少，不喜欢吃的东西用来填肚子，就造成了许多不快的记忆经久不散，给人一种总是食不饱肚的感觉。

主食最喜白米饭，一般不喜欢吃大米直接煮的粥，喜欢的是锅巴粥。煮饭时，留下米汤，焖好米饭之后，锅底会有一层锅巴，倒入米汤，煮开，就是锅巴粥了。一般人家，只要煮白米饭，一定会有锅巴粥，这样，想吃米饭有米饭，想吃粥有锅巴粥，谁还会专门去煮白米粥喝？除非是缺少粮食了，煮白米粥是为了填饱肚子。这种情况是有的，但极少见。既然有米煮得出粥来，可能也就不煮粥了，用它去煮苕末饭、灰萝卜饭、南瓜饭。也就是说，周家垭的主食，有这样几种，白米饭，这是人们最喜欢的；然后是锅巴粥，它是白米饭的附庸，也很受欢迎；再有就是苕末饭、灰萝卜饭、南瓜饭，这些主食谈不上受不受欢迎，却是一个时代几代人的裹腹之需；纯粹用于裹腹的，甚至还有苕，焖、蒸、切片煮，红薯收获的季节，谁家都得这么对付一阵子。

周家垭产麦子，面食却不是周家垭的主食。麦子收割之后，大都交公粮。每家每户也会分一点，却不磨成精粉，而是用石磨推成粗的颗粒，用来煮粥吃，叫麦头粥，再有就是做成炒面，是把麦子炒熟之后，推成的细粉。然后也会用麦子换一点面粉、面条，储备着，面粉做一种薄饼吃或者煮面头粥吃，面条则用来待客，很少一家人自己煮面条吃的，但生日例外。生日这天，讲究的人家，会给过生日的人煮一碗面，叫吃长寿面。待客呢？则是直接煮一碗，只给客人吃，或者放在饭桌上，当一样菜。

麦子最主要的用途，是用来做麦子酱，这是每家每户每年必不可少的要做的一样东西。把麦子煮熟，让它发酵，然后晒干、磨成粉，拌上盐和一些调料，装进陶器里，一段时间之后，就有麦子酱可以吃了。麦子酱的另一个做法是将拌好调料的酱粉装在一口陶钵里，兑上茶叶水，再在陶钵上面盖一张用蜘蛛网做的网罩，放在太阳底下不断地晒，然后再装坛。两种麦子酱都各有风味，可以直接掬一碗当下饭菜，也是做菜用的调料。小时候我很少见有人家用酱油、醋，都是用麦子酱、豌豆酱来做调料炒菜，味道奇好无比。现在，老家用酱油、醋也很普遍了，我有时候回去，会专门要亲戚炒一碗麦子酱炒肉片，那是比城里任何山珍海味都要好的东东。

豌豆酱的主料用蚕豆和小豌豆，制作工艺和麦子酱差不多，但味道会有很大的差别。我喜欢做出来呈黄沁黄沁颜色的豌豆酱，略带一点酸味。麦子酱和豌豆酱城里都有卖的，但颜色一律呈黑黢黢状，没有一点美感。周家垭的麦子酱、豌豆酱，至少在颜色上比那些豆瓣酱要远胜一筹。

我曾经想，如果有人将周家垭的麦子酱和豌豆酱做成商品，一定会有不错的销量。实际上，津市市有一种叫"木子李"的豆腐乳，市面上就卖得很好，我的一些朋友吃过之后，很多人会成箱成箱地买回家吃。津市市做豆腐乳的工艺，和我们周家垭做豆腐乳的工艺，大同小异。我甚至觉得，周家垭的豆腐乳，要比木子李的还要好。

做豆腐和豆腐乳的原料是黄豆，但生产队种出来的是黑豆。我一直以为黄豆这个名称有问题，明明是黑色的，为什么要叫黄豆？上中学后，学校的食堂里偶尔会有一点煮黄豆作为配菜，那

故乡散记

些黄豆，果真是黄色的，我才明白，黄豆原来是有黄黑两种品种的，黄色的黄豆是东北的特产，叫大豆。后来我们老家也种黄色的大豆，黑豆居然很少了。老家的黑豆是种在稻田四周的田埂上的，不占耕地，也不做公粮交，家家户户都能分得一些。我最早学会的一个菜品是回锅黄豆，将黄豆炒熟，然后在冷水里泡发，捞出来再炒。放青椒末、放肉片，都很好吃。但平时家里的黄豆是不敢随便炒来吃的，父亲说，黄豆是很有营养价值的东西，只有做成豆制品，营养才出得来，黄豆炒来吃是浪费。所以，父亲在家，我就不显摆我的炒黄豆手艺了，他一去上班，我就会偶尔露它一手。

黄豆也做酱，和豌豆酱的做法差不多，但做成豆豉的时候要多一些。豆豉又分两种，一种是水豆豉，黏黏糊糊的，像日本的腊豆，可以直接入口；另一种是干豆豉，裹一层白色的面粉在上面，做菜的时候，要先润一点水，然后用油炒，或者作为蒸菜的底料，这种吃法，别的地方少见，它有豆豉的味道，又有面粉的绵软，很独特。

我在回忆老家的吃食时，先想到这些，实在是这些是我最难忘怀的食物。我在北京很多年后，有应酬，如果主食吃了面条，尽管肚子是饱了，但潜意识里还是觉得饿，非要回家炒碗蛋炒饭吃才落心。这种情况后来好一些了，但在可以自由选择主食时，我还是会选米饭。

记忆中，老家的酱菜，颜色都是那种黄沁沁的样子，这使我有了一个标准，就是后来吃酱菜，对酱菜的颜色一定要挑剔一下。

有一阵子，我们和六必居有合作，对方的副总会带一些酱菜过来，味道不能说不好，但那颜色，总觉得没有记忆中老家的好，我也就不大怎么喜欢，大部分都转手送给北京的同事了。六必居是北京的老字号，它的产品自然有它的特色，我不喜欢，并不意味着人家的东西不好，只能说，作为南方人，我偏爱南方的颜色罢了。

南方的颜色，大体上都色彩明丽，尤其与酱菜有关时，更是鲜艳欲滴，这少不了辣椒的功劳。

辣椒开春后育苗，大概端午节后就有新鲜辣椒可以吃了，一直到晚秋时节，还有所谓的秋辣椒，我们称之为"苞苞辣椒"，这种辣椒农人起始是不屑于要的，后来却成为餐馆的上品，有一种辣椒品种，就是按照苞苞辣椒的特质培育出来的，比一般的辣椒贵很多倍。这种苞苞辣椒的特点是肉质绵软，有辣椒的清香但没有辣椒辣得那么热烈，是小炒肉最好的配菜，单独炒或者加点豆豉炒，都格外爽口。

炒辣椒是日常的一道主菜。在辣椒当季的日子，早中晚，家家户户都会有炒一碗。由于那时候油水金贵，炒辣椒还不能用油，而只能干煸，快起锅时滴几滴油进去。有肉的日子，比如端午节，公家杀了猪，分得一点肉，那么，这一顿的辣椒就格外令人留恋。参加工作后，发现餐馆里的农家小炒肉，其实就是辣椒炒肉，曾经一度百吃不厌。

辣椒地里的辣椒，供一日三餐绰绰有余。多出来的，会用米汤将它们做成泡辣椒。这很简单，直接将辣椒浸泡在米汤水里，

157

撒上盐，就可以了。不同的是，热米汤泡出来的是白辣椒，凉米汤泡出来的仍然是辣椒的原色。泡辣椒酸辣可口，可以直接下饭，也可以做配菜用，家家户户都会做一点。有喜欢干辣椒的人家，会直接烧开水烫青辣椒，捞出来太阳地里晒干，就是干的白辣椒了，我们叫它白辣椒皮。

剁辣椒是湖南的特色。剁辣椒一般用红透了的辣椒做。也有用青辣椒做成剁辣椒的，但这种剁辣椒经不起存放，一般少有。但有些厨师，因为要做双色鱼头，往往会特意准备一些。周家垭有名的大厨是克定伯，他到别人家下厨，都会带一些自己用起来方便的配料，这种剁辣椒就是。

红辣椒是七八月份集中变红的，这是一年中做剁辣椒的好日子，人们从辣椒地里将红红的辣椒摘回家，攒在一起，够一定的分量了，就拿出剁猪草用的剁草盆来，清洗干净，将一筐子几筐子的红辣椒剁碎，拌上盐、蒜瓣等等的，装进坛子里，过一些日子，就是酸甜适度的剁辣椒了。

那时候，周家垭还有做辣椒酱的习惯，工序上，和做剁辣椒大同小异，但在装坛前多了一个环节，即将本应装坛的剁辣椒用石磨磨成辣椒糊糊，然后入坛。这种辣椒糊糊，就是辣椒酱了。辣椒酱的用途，是做腌菜的辅料用，尤其是做泡的藠头时，是必不可少的。现在好像老家做辣椒酱的少了，人们做泡藠头时，都改用剁辣椒了。

红辣椒也可以晒干，做成干辣椒片。这是地里不产辣椒的季节，人们吃辣椒的主要来源之一。尤其是做羊肉、炖鸡时，抓一把干辣椒撒进去，菜炖好时，这些辣椒舒展开来，就像刚刚摘下的新鲜辣椒，让人一见之下，食欲大增。干辣椒炒菜时也用的多，有的直接用，有的捣成末用，还有磨成辣椒粉来用的。哦，对了，辣椒粉是老家做菜时用处广泛的调料，尤其是豆腐乳，是必须要裹一层辣椒粉在上面的。有些人炒菜也喜欢用辣椒粉，尤其是炒肉时，起锅前扔一勺子进去，那些细细的粉末沾在肉片上，被肉油浸润，入口时先是油辣椒末的摩挲感，然后是肉味的浓香，那种感觉，喜欢湘菜的人，可以找有这种做法的餐馆体验一下，那不是初恋般的味道，那是纯厚的、刺激的、一经沾染就不容易忘记的味道。

与辣椒有关的腌菜，还有重要的一项，即醡辣椒。这是一种辣椒末和米粉搅拌在一起，腌制之后，可以做主菜用的菜品。关于醡辣椒的"醡"字，乡人苏大平曾经同我讨论过，他认为应该用"榨"字，理由是"榨"字一般用于用盐腌制的食品，如榨菜。其实，字典里的解释是，榨、醡，古时候是一个意思。但我还是看重醡字的"酉"字旁，因为这个"酉"字与酒有关，而酒是要经过发酵的，醡从"酉"而不从木，似乎要说得通一些。那么，醡辣椒的醡选择"醡"字，就有了两种以上物体混合在一起使之发酵的意味，而不是单纯的一种物体通过盐渍的方式使其水分控出这么单一了，所以，我写文章时，写到与醡有关的菜品，都用这个醡字。醡辣椒是一样，醡肉是一样，醡鱼又是一样，它们都有米粉这个可以出酒的原材料，而它们腌制日久，也真是有酒香味溢出来的。

醡辣椒，又叫醡辣椒糊或者醡糊椒，是一道地域性菜品。它在我老家是家家户户的当家菜，但几十里之外的沅水流域就不大见得着。几乎澧水流域都有，然后顺着澧水流域往西、往北，都比较流行，我甚至在贵州还找到过这种菜品，并且人家做成了袋装的商品在卖。这应该是楚地遗风，有浓厚的地域文化传承。醡辣椒可以炒来吃，也可以掺在汤汤水水里煮熟后吃，均可以有很多不同的搭配，最经典的搭配是醡辣椒炒鸡蛋、炒盐菜、炒油渣、炒肥肠，或者醡辣椒糊鱼，任何一种做法，拌饭吃，都是极好的下饭菜。

我初到北京时，北京的餐饮业还不是很发达，湘菜馆少得可怜，找到湘菜吃就很不易，要吃到醡辣椒，想都不曾想过。许多年后，我和洪湖人董先生去六里桥一家餐馆吃饭，居然发现菜谱上有一道醡辣椒，一问，洪湖也是吃醡辣椒的，我们两个就点了醡辣椒糊鲫鱼、醡辣椒炒油渣、醡辣椒炒火焙鱼，外加一个青菜。两个从醡辣椒的故乡出来的人把几个醡辣椒菜品吃得索索利利，末了，还各自另外炒了一份，打包回去。我老婆是邵阳人，我当宝贝让它尝尝醡辣椒的味道，结果她不以为然，说："这有什么好吃的？干枯干枯的，进不了口。"我这才知道，同样是湖南人，口味原来差异这样大。那时候，我正在写我的第一本散文集《回望故乡》。我的这个发现，对我审视故乡起了很大的帮助。如果说，醡辣椒是一种文化，则对醡辣椒的认同就代表了一个人对其所出生的地域文化的认同。这是一个人的标签，也是乡情或者乡愁的基础，所以，从这之后，我通常不说我是湖南人，要么含糊其辞说我是湖南湖北交界地带的人，要么说我是常德人。我甚至只认为自己是周家垭人，地域的范围越小，你认得故乡的可能性越大。

醡辣椒用的面粉，一般是米粉，也用玉米粉。玉米，我们那叫苞谷，曾经广泛种植。苞谷的第一用途，似乎是做酒，即使是那些个缺粮少吃的年代，地方上酒厂仍然不少。北方的苞谷粥我吃过，我们不作兴那种吃法，往往把包谷磨成细面，搅拌成糊糊后吃。老实说，磨成细面的苞谷糊糊并不及北方的苞谷疙瘩好喝。许多时候，苞谷面还要和南瓜搅合在一起，煮成南瓜糊糊吃，吃得多了，胃就烧得慌，因此，我对这一类吃法并不留恋。我留恋的是苞谷将熟未熟时做成的苞谷粑粑。将嫩玉米掰回家，搓下苞谷粒，然后磨成苞谷浆，在锅内煮成糊状，取了新鲜的油桐树叶，一个个包好，然后上笼蒸熟，就是苞谷粑粑了。趁热吃，入口细腻、甜爽，还有桐叶特有的清香。那时候，甜品少，做苞谷粑粑时，会加一点糖精进去，那种甜得发苦的感觉，只让你觉得是美味，不会想到糖精原本是有害的。现在当然没有人用糖精了，但做苞谷粑粑的人家也少了，就是油桐树，也不多见了。我记得小时候油桐是可以卖钱的，油桐花又极好看，不晓得什么缘故，那些油桐树就那么在老家找不到了。我曾经刻意在老家找寻过，那些成片的油桐树，如今已经找不见了，大约山里零星的还有，但山高林密，即使有，也不容易找到。

苞谷可以炒来吃，还可以将炒好的苞谷和苕糖搅拌在一起，做成苞谷糖。用苞谷做成的炒面，学生时代，是用来抵御饥饿的好东西。开水一冲，香味四溢，因为加了糖精的缘故，也很甜。它是很多山里学生的零食，但不足的是这类东西不能多吃，吃多了烧心。

苞谷地是儿时美好的地方。苞谷地周边，往往多野草，这些野草是幼嫩的猪草，我们扯猪草，通常喜欢去这些地方。棉花地边，担心有农药残留，一般不敢扯，但苞谷地边是可以放心的。猪草多，有时候还有野莓泡、地枇杷可以满足口福。野莓泡状如黑莓，鲜艳的红色，遇见一窝，摘一大把没有问题。它水分多，酸甜酸甜的，很可口。地枇杷则埋在地底下，大的有铜钱大小，扁扁的形状，味道和猕猴桃近似。夏天是地枇杷成熟的时节，你戴着草帽，一门心思地找猪菜，忽然间，一根地枇杷藤跃入你的眼帘，你大喜过望，立即用铲猪菜的小铲子，细心地顺着地枇杷藤往下挖，运气好，弄一大把，运气不好，也会有三五颗。也担心会不会被人打了农药。每每这时，你会小心翼翼地看周边有不有棉花地，没有的话，你会放心地吃了它，若边上有棉花地，你就不敢冒险了，宁可口吐涎水，也不敢轻易尝试。传说某某村子，有孩子吃了棉花地边的地枇杷，就被毒死在棉花地边，几多吓人啊。死亡，是山里孩子一晓世事就最先接受到的一种教育，那就是，死了，就埋进黄土里，再也出不来了。怕死，便成为山里孩子的本能，即使见到坟地，也会远远地躲开。

苞谷收获的季节，往往是天气最热的时候。大人们在地里收苞谷，小孩子们就跟在后面找那种紫得发红的苞谷杆，砍下来，像啃甘蔗一样啃来吃。那的确是不亚于甘蔗的美味，白天砍一抱回家，晚上一家人都会啃。在自家门口，一边乘凉，一边啃苞谷杆。

同样可以用来当甘蔗啃的是高粱秆。还有一种甜高粱，本身并不怎么长穗子，但杆身极甜，咬起来又脆，不知谁家种了一小片，吃过这家的高粱秆后，从此，再吃玉米秆或者其它的高粱秆，就没得味道了。可惜，第二年这家不种了，于是，夏日里，别一把镰刀，到苞谷地里、高粱地里乱窜，仍然是周家垭少年们最钟爱的事情。

周家垭多坡地，这些坡地，主要种棉花、红薯、苞谷或者油菜和小麦，高粱是不种的，大约是公家的粮店不收高粱的缘故。周家垭的高粱，都种在各家的自留地里。我不知道那时候人们为什么会在自留地里种高粱，因为高粱的用处我实在没有更多的发现，唯一知道的是它可以用来做粑粑吃。高粱粑粑咖啡色，甜而糯，怎么做成的，我不知道。我们家不种高粱，也就不做高粱粑粑吃。我吃过的高粱粑粑，应该是隔壁人家的。奇怪的是，走南闯北之后，吃到过的东西也很丰富，但高粱做成的东西，似乎很少。我知道高粱是北方种植较广的作物，且知道高粱的用途主要在于酿酒，但高粱是可以做粑粑来吃的，我很想念小时候吃过的那一块或者那几块咖啡色的高粱粑粑。我甚至对于咖啡色的食物存有一种偏爱，这应该要归功于那时的高粱粑粑吧。

粟米是我心目中的神物，两个原因：一个是我知道粟米就是小米，共产党靠小米加步枪打败了国民党几百万飞机大炮，但我们那里少见；再一个原因是家里有一幅毛主席站在粟米地里含笑远望的画像，那些粟米，沉甸甸的，一派丰收的景象。便遗憾我们那 不种粟米。某一天，隔壁一个兄弟告诉我他们家种粟米了，我喜出望外，等着他们家的粟米成熟，想尝尝粟米是什么味道。后来还真是尝到了，是一碗粟米饭，感觉渣渣的，不觉得是什么好吃的东西。因为这么一点体验，我一直以为小米不好吃，以至于到北京后，姐姐他们用小米熬粥做早餐，我一律不沾。后来，一个中医说小米粥调整脾胃如何好，我才尝试了一下，发现小米粥完全不是我小时候尝过的那个味道。我想，可能小米就是适合煮粥而不适合煮成干饭来吃的吧，也可能我们那邻居脱粒的方法不得当，把原本好的东西弄糟践了，毕竟，粟米在南方，不是传统作物，不会打理，是很有可能发生的事情。但我还是要感谢我们的邻居，没有他们家种的粟米，那么小，我怎么可能吃到小米呢？我在开篇写周家垭的作物时，还专门写到种粟米，是因为我见证过周家垭是种过粟米的，而且，它应该很适合粟米的生存。

旱地作物，我印象深刻的，还有苦荞。记忆中我们家每年都会种，其颗粒用来磨粉，大多用来灌血腩用。然后就是用苦荞粉做软饼吃，拿一点面粉，用水兑成糊状，然后热锅热灶摊成一张薄如纸片的大饼，沾蜂糖吃。苦荞还可以做成粑粑，墨绿色，味道有些苦，不怎么好吃。

红薯是旱地作物里重要的角色。它的藤和叶用来养猪，这是养猪最主要的饲料来源。但人是不吃的。现在，红薯尖、红薯叶、红薯藤都成为餐桌上的美味，起初我难以想象，猪吃的东西怎么人也吃？后来，餐桌上盛行吃野菜，我恰恰认识很多野菜，但哪些野菜可以吃，哪些不能吃，感觉拿捏不准。有人告诉我，凡是猪能吃的植物，人都能吃，我豁然开朗。想到小时候我们养的猪都是吃现在人们餐桌上的东西长大的，我常常就无端地骄傲：敢情我曾经多么奢侈，吃的东西都是绿色食品啊，就连猪肉，也是吃绿色食品长大的！不过，骄傲过后又很气馁：虽然吃过那么多的绿色食品，但毒品也没少吃，尤其是糖精，一度以为是很好的东西，但现在知道它不怎么样，就后悔那些个贪甜的日子：多少苞谷粑粑、麦子粑粑、苦荞粑粑、炒面、甜酒，都会添加糖精增加甜味，那么多年的累积，体内不知留下了多少糖精的毒素，是悔也无法消除了，只好一声叹息。

红薯是四季中至少一季的主粮，其实并不止一季，我觉得至少半年吧。这是我们现在觉得小时候苦的主要原因。从红薯收获开始，一年的苦日子也就开始了。起初，红薯和大米一起煮，有切成块的、片的、粒的，红薯本身有糖分，和大米一起，还不难吃；再后来，因为红薯过冬不好保存，大部分红薯都会做成干苕末，并且很快，这些干苕末就要和大米一起煮饭吃，这就很难吃了。苕末晒干之后，无论怎么泡、怎么煮，口感都不好，木木的，像

165

故乡散记

吃干柴。这样的饭，一直要吃到来年春夏之交甚至来年新稻收割之后。好不容易吃几天纯净的白米饭，马上新一年的红薯又收获了，于是，又是红薯当家。红薯这种东西，即使是我们那个缺吃少穿的年代，都是城里人的最爱，现今就更是了，因为关于红薯的养生之妙，不断地有新的发现或者新的传言，于是乎，红薯成为城里人早餐堪与鸡蛋媲美的食物，身价不断地往上窜。可怜我们这些吃红薯长大的人，爱不是，不爱也不是。爱吧，明明是自己讨厌的东西，沾都不想沾，还吃它！不爱吧，偏偏它有这好那好，偏偏有人爱吃，你奈之若何？每每这时，就阿Q式的宽慰自己一把：怪不得这一把老骨头还经得起折腾，看来小时候的红薯没白吃。

但阿Q是可以的，有人真递一块过来，你立即会躲得远远的，绝对不会轻易去尝试。这应该属于心理学上的所谓情境回避吧，明明觉得吃一块红薯也未尝不可，但心里的那个梗，总是抽不掉。我不知道这是不是我们这一代周家垭长大的人的集体意识，至少我是这样。我的一个中学同学，他老家离周家垭不远，而今也在城里生活，他对于红薯，和我的反应如出一辙。可见，我们这一代吃红薯长大的人，对红薯的成见是如何的深了。

但红薯做的零食我并不拒绝。油炸的红薯条、红薯片这些，小时候还是爱吃的，现在自然也能接受。红薯粉更是好东西，湘菜里的粉丝钵，若用的是红薯丝，就觉得比别的粉丝入味。还有一种用红薯的淀粉做成的粉皮，用它炒醋溜包菜，百吃不厌。我甚至很怀恋用红薯丝裹了玉米粉做成的一种腌菜，和醉辣椒比，有醉辣椒的风味,但掺杂在里面的红薯丝,更有一种特殊的酒香味,炒好了,甜中带酸,口感绵软,是难得的美味。这种菜品,还有萝卜丝、芋头丝、冬瓜片做的,同一样的工艺,各有各的味道。

红薯淀粉调和之后直接摊成摊饼,也是一道好菜。但这种淀粉难得收集。我认识一个小官,好这一口,周围讨好他的,也记得随时找寻,但每年所得总是有限,这应该是现在的红薯不兴做成干苕末所致。红薯的用途,被人们零星地买去吃或者做了养猪的饲料,因而照以往的途径取其淀粉就很不容易。但红薯本身是多淀粉的,真的有心,买一批红薯捣碎了,弄一批淀粉并不难。这位小官之爱,不过是心有所念但并不执着,也不用权势巧取,还是属于分寸得当的人。

说起红薯淀粉,就想起小时候,每到过年过节的前夕,克定伯家会帮人们加工饺儿皮。饺儿不是饺子,城里通常叫包面,四川叫抄手,天津叫云吞。饺儿皮必须薄、有飘劲,手擀的厚薄不均,只有轧面机轧出来的才好。我去克定伯家轧过饺儿皮,要自带白灰面(小麦面),还要自带红薯淀粉,没有红薯淀粉,对不起,不轧。有一次,因为红薯粉的事,克定伯很是折腾了我一番。我不大记得具体的过程了,反正那天克定伯嫌我带去的红薯淀粉不行,扎扎实实折腾了我几个来回。这应该是我读小学时的事情了,我记得很清楚。读中学后,我就不大做这些事了,住校,在村子里的时候不多。年节日的饺儿,饺儿皮谁张罗的,很多年并不在意。这些年,又才注意上。现在的饺儿皮都是赶集时买的,买一坨,存在冰箱里，可以用好几天。红薯淀粉的用途，是拍在饺儿皮上，让每一张饺儿皮彼此都不粘结在一起。现在集市上买的饺儿皮，可没有那么层次分明。我疑心是店家不过就用普通的面粉拍了，图个省事而已。但假使红薯淀粉的功用并不仅仅止于此，还有其它诸如口感的考虑呢？我觉得小时候的饺儿皮是近乎透明但包裹肉馅又牢牢实实的那种，煮出来的饺儿，放在嘴里，滑溜一下就下到肚子里去了，而今的饺儿皮，似乎有种面疙瘩味，没有滑溜的感觉也就算了，煮出来，很容易散乱。我相信现在的饺儿皮是工业化的产物，克定伯那种半手工的操作，已经是遥不可及的事了。

记忆的闸门继续打开，我想起麦熟时节。我先前就说过了，我们那里是不怎么吃面食的，但新麦出来后，一般要做馒头。各家因其手艺以及富裕程度，所作馒头大相径庭。有的人家做出的馒头又白又软，有的黑不溜秋，有的硬如土块。麦收季节，一般正值端午节，看好对象的人家，男方要去女方家拜节，那么，男方这一边对这一年的馒头就格外讲究，会请村里最里手的人帮忙蒸一锅馒头，然后送到女方家去。我堂兄明月哥去送馒头时，我跟随他去过他媳妇家，由媒人带着，挑一担馒头，我觉得特别有仪式感。那是上个世纪八十年代初期，一些习俗还很好地流传着，比如哭嫁，现在哪里还找得着呢？

有了白白的灰面，又正是菜籽油刚刚开榨的时节，一些舍得的人家会炸点油货：麻花、油炸坨、油条、油饼，但炸麻花的量要多一些。麻花可以放在密闭的坛子里，保存很久。油炸坨、油条、油饼，都只是象征性地炸一点，饱饱一时的口福。

新收的小麦主要用于交公粮，生产队也会分一些给各家各户。也许小麦用途广泛，各家自留地里也会种一些。分得的加上自家自留地里产的，家家户户的小麦成为改善伙食的领头羊。这时候，除馒头外，面团在各家各户的餐桌上习以为常。所谓面团，在北方叫疙瘩汤，这种东西，吃个一顿两顿尚可，吃多了，也腻，为什么呢？油水不足啊。面食这种东西，再精细，没油水就难吃。按说这时候油菜也收了，新榨的菜籽油也有了，应该不怎么缺油啊。缺。缺的是肉油。菜籽油滴在面汤里，即使油烧热过，还是有一股子油腥味，再说了，我们那地方，明显是没有吃面食的传统的，面团的做法就千奇百怪，会做的，面团绵软可口，不会做的，就是一坨死疙瘩，即使这样，面团也不过是青黄不接的季节的一种过渡，人们奢侈一把，又很快嚼回苕末饭了。

蚕豆在春节时，长势正旺。只要还没立春，我们会掐蚕豆尖做猪菜，但立春后就不敢了。小豌豆苗也是，但掐来的尖却当菜吃。豌豆尖放进肉汤里，在那个季节，没有哪一种蔬菜能比得过它的青嫩。然而，我们不知道，其实蚕豆尖也是同样美味的，这是很多年后听到平江人萱姑娘说的。为了验证，我在一次回老家陪父母时，掐过一些蚕豆尖做菜吃，味道还真可以，但土腥味比豌豆尖更重，不及豌豆尖好。

春节过后不久，蚕豆会开紫色的花，花瓣上，一抹黑色，看起来像化过浓妆的眼睛。不久，花瓣的花柄处，就挤出来绿而饱满的豆荚。豌豆花与蚕豆花花期不相上下，但豌豆花比蚕豆花要开得热烈和蓬勃，只要一开花，花瓣会将豌豆苗掩映在花团中，白色、紫色、粉色，都有，铺满菜地，过几天再看时，花不见了，扁而细长的豆荚三个一群，五个一伙，姿态各异地顶向天空，不消十天半月，就长成指头长短的豆荚，鼓着饱满的肚子，在春风中摇曳。将熟未熟的豆荚，无论是蚕豆还是豌豆，我们都会摘来直接吃，有时候，量还不小。等到长大了，才知道这种吃法会中毒，弄不好，会吃死人。我们真是命大，基因中有抵御巢菜碱苷的能力。据说，越是嫩蚕豆，毒性越大。我们吃过的那些豆荚，可不正是嫩蚕豆吗？再熟一些，蚕豆长出皮来，我们反倒不生吃了，可以将它摘回去，煮熟后吃。放了油盐的这种蚕豆，皮嫩的直接煮熟，皮老的，则将皮剥掉，只吃豆仁。

梅雨季节，天总是多雨。一家人无所事事，就会有人提议去菜地里扯一捆蚕豆梗回来，大家坐在一起，一粒粒地剥蚕豆，豆梗还很嫩，剥过豆之后，就直接剁了，当一天的猪菜。猪的饮食解决了，人就可以安心的吃煮蚕豆。这样的日子，无限美好。

五月，蚕豆熟了，连根带梗从地里拔出来，摊在打谷场上晒干，用连枷拍打一个时辰，叉去绵软的蚕豆梗，蚕豆就算收获了。炒蚕豆是周家垭常见的零食，一年四季，有了闲心，随时可炒一点。蚕豆硬，牙口不好，并不能吃很多，所以就很耐吃。剩余的蚕豆，留足了种子，一概磨成片，做成蚕豆酱。豌豆的归宿，基本上和蚕豆一致。不同的是，豌豆有时候会磨成粉，做成豌豆渣。大约将豌豆渣再过滤，是可以做成豌豆黄的，但我们那里不兴这个。

　　能吃的东西，清明节前后，还有谷芽粑粑。那是稻谷浸种的季节，如果播种完了，所浸的种子还有剩余，就会各家分一点，大家将这种发芽的稻谷清洗干净，磨成浆，可以做成粑粑吃。谷芽是很甜的东西，因而谷芽粑粑也很甜，但其中的谷壳没法去除，磨成浆之后，谷壳就变成糠粉，夹杂在谷芽粑粑之中，毁了谷芽粑粑的口感。

　　周家垭吃的东西，并不只是以上这些，但仅仅回忆到此，就已经很丰富了。遗憾的是，种植这么丰富的农作物，偏偏不种花生。大队的林场种了一些。林场是我们上下学的必经之地，也是常常要抵制诱惑的地方。秋天，放学途中，走过林场时，天有些黑了。我们会选一个代表去偷花生。那个被选出的人，便学着电影《渡江侦察记》里那个侦察员的模样，匍匐在绿浪滚滚的沥水沟里，一点点向花生地接近。每次扒开一蔸两蔸花生，拣大颗的摘几粒，然后将扒开的浮土培好，再匍匐着回来。遇到林场的看青员，就得果断地将战利品扔出去十几米远，然后装作一幅要方便的样子，消除看青员的怀疑。我至今不相信看青员没有发现过我们的猫腻，因为庄稼地里，动没动过土是很容易被发现的，但我们每次的行动，都能弄来几棵花生米尝鲜，从嫩叽叽的一点浆水到成熟时颗粒饱满的姿态，我们在花生的一日日长大中尝到了花生的滋味。分田到户后，种花生就很普遍了，花生可以榨油，还当零食、当菜，用处多。

171

故乡散记

绿豆似乎是和某种农作物套种的，现在一时想不起来了。我们将大米和绿豆放在一起，煮绿豆饭。很少有单独用绿豆煮汤的，煮绿豆粥也稀少。这是一个地方的习俗。似乎绿豆饭是一种上品，一般人家来了人客才煮那么一次，白米饭中夹杂点点深绿色的豆子，很有看相。

蔬菜四时皆有，豆类的有四季豆、豆角、刀豆、蛾眉豆、饭豆，瓜类的有黄瓜、苦瓜、丝瓜、南瓜、冬瓜，当然有辣椒和茄子，调料类的有葱、蒜、韭菜、香菜，当然还有萝卜、白菜、木耳菜、扯根菜、胡萝卜、西红柿、耳朵菜、大青菜、大蔸菜等，很多蔬菜都会做成腌菜或者干菜。

水果有桃子、梨子、杏子、李子、柚子、枣、枇杷、樱桃，后来又多桔子，也有西瓜、香瓜之类。其中，梨和杏还很有规模，那是我们祖先留下的遗存。

肉菜一般是猪肉、羊肉、鸡，牛肉不大有，偶尔有鹅、鸭子、兔子，也会有斑鸠、野鸡这一类的野味。

水产也有。从前稻田里有鱼，泥鳅和黄鳝就更多，还有乌龟、甲鱼、虾米。记得我很小的时候，就在稻田里用粪箕捉过鱼。也记得大热天，一场暴雨下来，如注的雨点中，稻田里藏着的乌龟会成群结队地到屋檐下避雨，没有人会驱逐它们，更不会捉来吃。偶尔有孩子贪玩，捉来玩两天，就会放掉。我们从小受到的教育是，捉鱼摸虾是不务正业的人干的事，稻田里的鱼、河沟里的泥鳅，还有田坎边的黄鳝洞，是什么样就是什么样，我们轻易不会去骚扰它们。如果哪家炖了一钵乌龟、甲鱼，就会有被人说成叫花子胚的危险。我至今不大爱吃乌龟、甲鱼、黄鳝、泥鳅，与小时候受到的这些教育有关。

但鱼是吃的，尤其是过年。鱼养在生产队的堰塘里，如果这一年不干塘，年底就会起一次鱼，家家户户会分得一些。如果干过塘了，人们就只好去集市上买过年用的鱼回来。

周家垭吃鱼，通常是水煮鱼的做法，将整理干净的鱼用油煎一下，然后放水煮，调料是辣椒、生姜、香葱，然后是紫苏。紫苏是一种野生的植物，春夏秋生长，冬天就成了枯枝。平时，人们会采摘一些紫苏叶子，晾干了备在厨房里，一旦要吃鱼，就会派上大用场。水煮鱼要放紫苏煮，就是干煎鱼块，也会放。

紫苏除了当调味品外，还是周家垭家家必备的保健药。紫苏、生姜、红糖水，三样组合在一起，治疗伤风、感冒、咳嗽、精神萎靡、四肢酸疼等，只有大病才去看医生。

周家垭的物产，看起来十分丰富，食物品种也多，靠的是垭上人家的勤劳和打理。俗话说，吃不穷，穿不穷，排算不好一辈子穷。我以为，食物的料理是最重要的排算。祖父母辈、父母亲一辈是周家垭很了不起的两代人，我们这一代正处于生育高峰，小把戏多，人口陡增之后带来的生存压力，是他们两代人所面对的艰难。他们可以发挥的空间有限，无非就是犄角旮旯里一点自留地，要种菜，还要挖空心思种辅粮。

我一直很对周家垭的坛子菜留恋，那是真正色香味俱全的东

故乡散记

东。那是父母一辈人的手艺，也可能是周家垭在食品制作上最后的辉煌。一代人纷纷作古，又一代人纷纷作古，而我们这一代人则背离故乡，周家垭的饮食文化在时代的洪流中开始断裂，这是谁都不曾预料到的事。我们是进城谋生的一代，曾几何时，走出周家垭，是我们的梦想，也是大人们的骄傲，但走出之后，便发现再也无法回首了。城里有城里的生活方式。我们也曾带一些周家垭好吃的东西进到城里，但谁会意识得到这些东西并不是永久可带的呢？

祠堂的熊家婆婆做的盐菜很好吃，她是我爷爷的堂弟媳，也就是说，她的孙辈和我是第五代人。我们叫她"熊阿嗲"。一个暑假，我从父亲的单位回来，正在屋后歇凉，猛一抬头，看见熊阿嗲从屋后的小路上向我走来。她是个小脚太太，走路很费劲。她一手杵着拐杖，一手端一只青花瓷碗，看见我，就喊我父亲的名字："英侠，英侠，我给你们家送一碗盐菜来吃。下坡陡，我就不下来了，你来拿一下。"

父亲常年在外地工作，他没回家，哪里有父亲的身影？我迎上前去，接过她的青花瓷碗，告诉她父亲并没有回家。她打量了我一会，恍然大悟："哎呀，你都长得和你爸爸一个样子了啊。刚才我在门口看见一个人从田埂上经过，样子很像你父亲，我以为是英侠回来了，原来是你这个伢子啊。"熊阿嗲满头是汗，但头发梳得利利索索，衣服穿得周周整整。我们周家垭奶奶辈那一代人，从来都是很讲究衣着的，即使衣服打满补丁，也显得齐齐整整。她们是最后的小脚女人，一般傍一个子女居住，但单独开伙，饮食起居都是自己料理。

我曾经向熊阿嗲的孙女明丽堂姐说起她奶奶给父亲送盐菜的事。明丽就骄傲地问我："我嗲嗲做的盐菜好吃啵？""好吃"。熊阿嗲那天送的盐菜，是一种切成细末的青菜腌制的，大约是芥菜之类。这种盐菜的关键是酸味适度，一般用来煮汤。大夏天，用这种盐菜做一碗蛋汤，喝下去，头冒热汗，内心清凉，消暑、解渴，熊阿爹的这一碗盐菜，至今还令我念念难忘。

我时常感念这一件事，是怀念我们周家垭一大家族彼此之间的亲近。熊阿嗲从过路人的身影（其实是我过路）认出父亲回家来了，送一碗盐菜来，一个家族的情分便定格在我的记忆里，并且感化我珍惜这一份氛围。

周家垭是周姓家族的聚居地。从迁出江西第一代周氏先祖起，到我们这一代，整整二十四代人，前十二代在湖北和江西交接的崇阳及湖北和湖南交接的临湘漂泊，自第十三代起，迁居周家垭。也就是说，周家垭的这一群移民在周家垭也生息了十二代。我们的下一代几乎不会有人在周家垭定居了，他们是属于城市的一代人。他们从小在城里长大，对周家垭的地形地貌、风土人情、饮食吃穿几无了解，他们也很少有机会享用周家垭的吃吃喝喝。值此春节之时，我写下这些，希望为后辈们留下一份念想。随着中国城市化进程的不断推进，不知有多少类似的"周家垭"正在并且终将被时代遗忘。

故乡散记

春节期间，我去周家垭走访，看到很多的坡地荒草萋萋，那每一片荒芜的土地，都曾是我记得的那些食物的摇篮。它们荒芜了，周家垭的食物还找得到与之息息相关的原材料吗？我弯腰，向那些土地致敬。我多想劝慰那些土地，它们曾经的哺育，的确充满艰辛，现在，它们有机会不再付出了，不如就此睡它一觉，来一次不知时日的休养生息。

我也要向周家垭那些种庄稼的先辈们致敬，没有他们的辛勤劳作，周家垭不会有如此丰富的食物。

敬礼，我的荒芜的周家垭的坡地！敬礼，我的长眠于此或者终将长眠于此的先辈们！

请傩

傩戏，是现代舞蹈的活化石，源于人类早期巫术与祭祀活动，是娱神娱人的一种特殊的戏种。后来，傩戏逐渐式微，很多地方已难见其踪迹了。湘西北是傩戏的重要土壤，这一地域，至今还有傩戏存续。一般红白喜事时，凑巧还可以见到。

很多年前，傩是不公开表演的，它往往在夜深人静时，在某户人家秘密进行。我们称之为请傩，又叫跳大神，是驱鬼迎神的一种活动。我们从来不认为那是"戏"。

我想起了七八岁时，顺婶娘家请傩的往事。

白天，隔壁的伯娘很认真地对我说："晚上把煤油灯点亮一些，鬼怕光，傩神晚上捉鬼，搞不好要到你们家猪栏屋来捉，你点了灯，鬼就没法满屋子跑了。"那时是暑假，母亲去码头铺参加暑假学习班了，家里就我和弟弟在。对门的顺婶娘病了一个多月了，说是被鬼缠住了身，请了周边最有名的胡医生来看病，也不见好。有人就张罗为顺婶娘请了个"仙婆"来"跳大神"，折腾了一阵，还是没驱走缠住顺婶娘的鬼，倒是让我的日子也不得安宁起来。因为仙婆没能驱走鬼，倒说是看见了鬼，并且指定的地点是对门人家的屋角，也就是我们家猪栏屋那个地方。我们家猪栏屋居然住着个鬼？这让我和弟弟怕得要死，整天就赖在伯娘家不敢回我们自己的屋。但猪还是要喂的，伯娘说："不怕，既然那个鬼就住在猪栏屋，可见也不是一天两天了，它要害你，早就害了。"说完，就领着我进到猪栏去，陪我给猪喂食。未进门，她就大喊："各路牛鬼蛇神，你们听明白些啊，我们没得罪你们，你们不要害人啊。"

晚上，顺婶娘家灯火绰约，不时有锣鼓家私敲得山响。但左邻右舍没有谁去看热闹。伯娘送我们回家，陪着我点亮煤油灯后，就叫我和弟弟早点睡，说，"傩神都来了，鬼肯定没法呆了，你们就安心睡觉吧。"我和弟弟将信将疑，送走伯娘，关好大门，立即以最快的速度冲到床上。"鬼来了，快点躲啊"，我们自己吓唬自己，扯起被子，钻进被窝里，屏息静神，谁也不敢说话。说来也怪，明明怕鬼，却还是很快就睡着了。等第二天醒来，日头照得老高了，煤油灯也燃得一点油都没有了。

第二天顺婶娘出现在堰头洗洗涮涮了。傩神厉害，抓住了鬼。还说那个仙婆胡说八道，缠住顺婶娘的鬼是顺婶娘一次赶夜路撞上的，根本不存在住在"对门屋角"一回事。也就是说，我们家猪栏屋根本就不曾住过什么鬼！伯娘告诉我这个消息时，我激动得眼泪都冒出来了。从此，我对仙婆、巫师一类的就深恶痛绝，也绝不相信，却对傩神身怀敬意。但那时我并不知道傩神是什么模样。甚至，傩字也是不认得的。后来，读沈从文的小说，读到傩戏，对傩就有了一点概念。就猜想顺婶娘家那一夜请的傩神，无非是唱傩戏的一个戏班，也是巫术一类，就很后悔当初胆子小，居然没去看看人家是怎么个傩法的。至今，我也没有亲眼见过傩戏，但知道唱傩戏有个重要的道具，这就是傩面具。

我喜欢沈从文先生的作品。他笔下的湘西，是个崇尚傩戏的地域。沈从文从小喜欢傩戏，那些脸谱化的面具，分别代表不同的神仙道侣、妖魔鬼怪，若是没有吸引力，他老人家自然不会念念不忘。据说，上世纪八十年代沈从文回到家乡，最大的心愿是看一回傩戏。当地方上安排傩戏班子在他家的老宅演出傩戏时，老先生竟然激动得泪流满面。

我没有看到过真正的傩戏演出，很疑惑湘西北本就属于大湘西的范畴，却何以没有傩戏公开演出？但顺婶娘生病请傩神的事，是真实地发生过的。既然顺婶娘请的是傩神，就说明傩戏在我们家乡并非异物，它不过是仍然以巫术的形式存在罢了。

有民俗专家告诉我，傩戏其实就是乡间的"跳大神"，至今，我们那一带还有"跳大神"的习俗存在，这可以作为湘西北与傩息息相关的证据。我不知道当初顺婶娘家请的"仙婆"谓之"跳大神"，而随后的傩神不叫"跳大神"而叫"请傩"其分别在哪里，我想，可能傩神的阵势要比"跳大神"更为壮观一些，它有固定的程式，有引人入胜的情节，因此，在效果上更能撼动人心，也就使得人们容易相信，傩神捉鬼的把握要大于"跳大神"的仙婆，渐渐地，同一事物就分成了两类，但其实它们源于一宗，都是戴着面具跳舞的巫风巫术而已。

傩，无论是戏也好，是"跳大神"也好，古往今来，它曾经深刻地影响过人们的生活。沈从文可以为之哭泣，而顺婶娘竟真的治好了她的病。

三先生

父亲没有兄弟，他的堂兄弟，我们就认得很亲。堂伯父的女儿，大我们一截，自然就是堂姐。虽然是堂过又堂的亲戚，因了彼此走动上的勤便，感觉上还是很亲近的。她有三个儿子，小的一个，小名三吧。我在老家当民办教师时，他还是个常年拖着鼻涕虫的小孩。后来，我外出工作，与老家隔绝接近二十年，再见三吧时，他已是当地小有名气的道士了。大约主家常称他三先生，他的微信，就用了三先生做昵称。

三先生的曾祖父，是我们这一带有名的道士，但他的祖父、他的父亲，都没有继承其曾祖父的衣钵。不是他们不愿意，而是一段时期时势使然。等到社会上再兴做法事时，三先生的父亲年纪大了，学不来老祖宗那一套，三先生和他的二哥，就早早地接过了衣钵。

我出于探究道士文化的目的，曾经找三先生闲聊，比如一个道士班子有多少人？道士班子与点子队(乐师)是什么关系？怎么根据主家的需要安排法事？他一一说来，我却听不大明白。这一行道行太深，不是随便一问，就能弄个明明白白的。

婶娘去世，做法事自然就亲不就邻，请了三先生的班子。其实，老家周边也有个道士班叫罗家班的，若是就近，当然是要请罗家班了。而且规矩上，一个班子，有它约定俗成的活动范围，往往是井水不犯河水的。三先生离我们老家要远一些，请他的班子，算是违了规，但他是亲人啊，可以不请自来，别人就不好说什么了。

人死后出殡，日期由阴阳先生定。婶娘的出殡日期定在她落气的第三天，因此，做法事就只是一个白天、一个晚上加上出殡。做哪些内容，道士班子有其固定的模式。好像安排了请水、十月怀胎、解结、破血盆等环节。我企图以我有限的道士知识，分辨哪是高功，哪是经师诵经，哪是掐诀，哪是踏罡，哪是存神？但不问三先生，我根本就看不出个所以然来。三先生又忙，一忽儿是他穿法衣，在灵堂前喋喋不休，一忽儿又是另一个道士领着一众亲朋绕棺，我过多地打扰他，显然不合时宜。

三先生个子高，胖瘦相宜。他穿上黑色的法衣，肃穆而神圣的样子，很像那么回事。三先生平时是个爱笑的人，头发有些儿卷，很温和甚至很羞涩的样子，而做起法事来，他则是一副道士模样，看不出平日里的羞涩来。我知道道士的所作所为，无不是召神遣将、沟通天地，但这个道士是三先生，我就总忘不掉他拖着鼻涕的样子总忘不掉他嘻嘻作态的神态，初见他"急急如律令"，我有些看小孩子玩过家家的心态，心里直想笑。但他做事时的肃穆还是镇住了我，一种神秘的氛围渐渐地笼罩过来，我眼前的三先生，就再也不是那个拖着鼻涕虫的"三吧"了。

我们那一带专事做法事的道士班子，并非真正的道教人士，只要会做法事，就是个"道士"了。他们也尊师傅，会拜祖师爷，但他们不一定就是道教的信徒。做法事就相当于一场戏剧表演，班子里每个人都有自己扮演的角色，你方唱罢我登场，各自演好自己的角色就行。

三先生是他们这个班子的班主，除了有自己的角色外，还得担负起"导演"的职责：演几场、每一场的内容是什么、哪些道士上场、主家要做哪些配合、点子队奏什么音乐，都装在他的心中，一会儿吩咐张三几句，一会儿对着李四耳语几句，整场法事，有条不紊，全赖三先生指挥得当。

大约是在静穆的场合呆惯了，三先生的自我镇定能力非同一般。我邀他打麻将，遇到他连续放炮不和牌时，会笑他是个炮手，但他不急不躁，沉着迎战，每次结局，他都会小赢。

一次，北京来了个朋友在我们老家住，说到道士，她很想见识一下，我们就想到了三先生，要他来唱一段道士的唱腔。三先生来是来了，面对客人，却是半天开不了口。在我们的左劝右劝之下，他好歹开唱了，声音低如蚊蝇，完全没有在真正做法事的场合时的那种气势。我明白了，道士不过是三先生的一种职业，进入工作状态，他是"三先生"，非工作状态，他不过是"三吧"，连道士的票友都算不上。

故乡散记

道士这种职业，通常要熬夜，但收入不错。做法事，原本有两种：一种是赐福禳灾，另一种为超度亡灵。但若哪家为了赐福禳灾请道士做一场法事，在我们老家，就算是神经病了。而死了人，则必须请道士做法事的，这是乡俗，再穷的人家，也不会免除。乡俗的力量，是几千年绵延传递的惯性，曾经"破四旧"寂静过一段时间，但风水一转又大行其道，这是没办法的事。

因了三先生是道士的方便，我准备跟踪了解一下家乡的道士文化。同在北京的乡贤汤世生先生曾经对我说，澧县的道士文化源远流长，在全国都排得上号，而澧县的道士班子，戴家班不是第一，就是第二，关注和研究老家的这一文化，是一件很有意义的事，若能以此为背景，写出一部作品，就更有意义了。

我不一定能写出与此有关的好作品，但对道士文化做些了解，我是愿意的。况且，戴家班的传人正是三先生，我找他问这问那，也十分方便。

话虽然这么说，但了解道士文化我已经感到是一件不大容易的事。三先生这种道士班子，是民间养家糊口的一门技艺，从事道士行当的大部分没有入教，与道教有一定的渊源，但游离于道教之外。但他们又经受过严格的训练，一招一式都有其规程，绝不是滥竽充数。我曾经听一个道乐班子吹奏笛子，从低音到高音，其转换似乎毫不费力，演奏者当初学习时，应该是有所谓的真传的，这种真传，正是值得发掘的地方。又比如，道士诵经时，高潮处，其音高，如惊雷炸裂，且不会破音，应该也是技巧在起作用，不然，以一群烟酒茶辣毫无顾忌的民间班子,唱功堪与高音歌唱家媲美,是一件不可思议的事。

澧县还有一种丧葬文化,叫"丧鼓",其活动场所基本与道士班子一致,靠唱诵撑场,但鼓手的嗓音通常是沙哑的,似乎是职业病使然,道士同样靠声音诵经,却鲜见沙哑之声,说明沙哑与唱诵本身无关。丧鼓的沙哑可能是其特色,而道士的高亢,则属于道士的特色。

表弟绍斌对道士文化也感兴趣,他找三先生借了几本唱本,嗯呀啊呀地学唱,唱得乱七八糟。三先生教了他一遍,再唱,就有点儿靠谱。他开玩笑要拜三先生为师,三先生就腼腆起来,一副承受不住的样子。我猜:既然道士是一门技艺,要拜师,恐怕也不是说拜就拜的吧。

后记

春节，去湘雅三院孙圣华教授家吃饭，饭桌上端上一个菜，香肠。香肠有很多种吃法，但成品一般都会切成片状。那天，孙教授家的香肠是切成手指长一截一截地端上来的。

看到香肠的这种切法，我会心一笑，说："还是小时候喜欢的吃法啊！"孙教授很得意，接过我的话茬，说："我就是晓得你喜欢这种吃法，专门吩咐我妹妹这样做的。"

长沙大学的周明侠夹起一截，未吃先赞："还是这种吃法好吃，我先搞一截。"

孙圣华、周明侠，都是从周家垭经高考出来而进城的，和我年龄相仿，从小一起长大，走出周家垭后，彼此也没中断过联系，既是少年玩伴，也算人生相知。在坐的也有年小一些的，如我弟弟，孙圣华的妹妹等，其实年龄相差不大，也算得上是同龄人，一群在周家垭长大的人，这餐饭，就没离开过香肠的话题。

我们这一代人，赶上上世纪六七十年代人口出生高峰，而那个时代，正好缺吃少穿，贫穷，伴随着我们的童年、少年，直到改革开放，才有一口饱饭吃。但即使是这样，春节，也是热闹祥和的。那个时代，农耕社会日益没落，工业社会逐渐形成，我们处在这样的一个过渡时期，农耕生活，无可避免地影响过我和我们同龄人。我写《故乡散记》，就是希望通过对儿时春节的回忆，告诉周家垭之外的人们和周家垭的后代，在我们那个特定的时间段，周家垭曾经有过的风俗与生活。

我们不能武断地说，那就是美好的，或者，那就是不好的。即使是回忆起来我们认为美好的东西，我们也没有理由强迫别人认同那就是美好的。但是，文字的功用无非就是透过文字，传达给别人一些文字之后的东西，因此，这就使得我在写这些文字时，常常会升起一种使命感：即使我这些文字没有多大的传播价值，只是写给周家垭的人看，让周家垭的后人过春节时，有个文本做对比，也是居功若此了。

《故乡散记》记述的并不仅仅只是周家垭这一个地方，实际上，周家垭只是故乡概念的归属地之一，在我看来，周家垭、官闸坪、黄荆垭、老木寨、龙灯峪、汤家坪、火连坡、长茅岭、边山河、甘溪滩、洞市、码头铺、闸口、王家厂甚至药山寺等等，这些地名，都是我地理意义上的故乡，但我记述周家垭和长茅岭要多一些，这是因为周家垭是我的出生地，长茅岭则是外婆家，并且现在父母的居住地就在长茅岭，这两个地方相对故乡那些我叫得上地名的地方而言，日常生活的交集更多一些。我写作的顺序，基本上是按照我这个春节参与生活的实际来写的，而我活动的场所，主要还是这两个地方。它们同属于湘西北与鄂西南的交界地，是武陵山余脉造就的一大片山地。语言、风俗基本接近，但有微小差异。比如，周家垭的语言，阳声多一些，长茅岭则阴声要多一些，所以，周家垭人说母亲那一方人的口音时，会说她带一点儿北腔。

近几十年来，中国社会最大的变化，是城乡关系的变化。在我还小的时候，城市对于我们山地孩子，是一个遥不可及的梦。我第一次上县城，还是高中快毕业时，以配近视镜的名义，找了一辆运煤的便车去了一趟。那时候，城市与农村隔着一道无形的墙，农村里的人虽然向往，但进一次城，很不容易，或者是不敢随便进城。现在，城乡完全打通，农村被农村人逐渐抛弃了，城里人在农村也找不到北。周家垭的过去和现在，就是这一段历史的真实写照。

我这个年纪的人，是周家垭人口顶峰时期的一代，大部分都走出了周家垭，有的还成为政府的高级官员、知名的专家学者，但大部分则是社会地层的打工者。他们的城市生活未必是尽如人意的，但谁也不会以为周家垭会是他们的安家立业之地。周家垭的自然条件不好，这是事实，城市给了周家垭人生存的空间，这才是周家垭人口式微的真正原因。从这一点看，我们要感谢这个时代。

孙圣华、周明侠还有其他几个人，是周家垭经过考学走出去的少数人之一，对于他们，读书，不仅是鱼跃龙门，更是他们实现人生成就的关键一步。孙圣华现在是湖南省知名的上呼吸道专家，周明侠则在长沙一所高校当副校长，没有高考，不读书，他们未必有这样的人生高度。

再有就是当兵、当民办教师、招工、招干走出去的，有的是乡镇干部，有的是中小学教师，也算是有一份稳定的职业，过着比较舒服的日子。

更多的人只能是打工。城里一片天，乡下半亩地，他们进城是工人，回到周家垭则又是农民。周家垭的炊烟，因为这群人，在过年过节时，会依旧各处飘摇，但他们不在的日子，周家垭人烟稀松，那些个寂静的夜晚，一群一群的小孩子在各处屋场嬉闹的场景，不可能再现了：乡下的狗也少了，群山环抱之中，听到一声狗叫，已经极为难得。曾经家家户户都养狗的年代远去了，偶尔见到一两只狗，是从城里带到乡下的宠物狗。那些习惯了城里车马喧闹的宠物狗，应该是诧异于周家垭夜的寂静的吧，它们在周家垭是不敢随便发声的。

那一天的香肠，吃掉了两份，都是同一种做法。这样铺排的吃法，源于小时候一些特殊的体验，一般都是某个长辈对某个晚辈有特别的偏爱，这样，吃饭时，长辈递给你的那一碗饭里面，会有一截煮熟的香肠。而且这种经历，每一个小孩都可能遇到过。兄妹几人同去一户人家，可能哥哥碗里有，妹妹碗里没有；姐弟几人，则可能弟弟碗里有，姐姐没有；当然，也可能是妹妹有哥哥没有或者姐姐有弟弟没有；也有可能是小孩都有但大人没有。在物质生活不很丰富的年代，香肠是过年时才做的食品，且十分有限。它用的是肥瘦相当的新鲜猪肉，拌了调料，灌进清洗干净的猪小肠内，熏制之后，可以保存相当长的时间。香肠在待客时，一律切成薄如纸片的片状，平铺在碟子里，然后将碟子搁在一口碗口相当的菜碗里，看起来满满一碗，其实只是薄薄的一层。类似的菜品，还有猪头肉，猪耳朵、猪脸、猪嘴，每家过年只杀一头猪，一大碗一大碗地炒，能炒得了几碗呢？类似香肠那种做法，就省了，因此，这一样菜，在需要凑数时，往往就那样端上桌来，谁都不觉得失面子。我在《十大碗》里写了，作为"东道"，菜品的数量，是不能少于十大碗的，这是周家垭的习俗。

从春节前动议写一些春节与故乡的文章开始，及至春节，甚至春节过后的这些天，我每天都会写一点。总题目用的是《故乡散记》，每天所写，就不再另外拟新的题目，只是用序号分节。当写到二十节时，看看字数，也好几十万了，我知道，出一本书，这样的字数，也够了，就重新捋了一遍，并按各节的主题，加了题目，但编排顺序，基本上按写作的先后来排列。当我将《故乡散记》作为书名在文档中敲出来时，春节已经远去，过年的气息已荡然无存。我知道，就周家垭而言，就春节而言，要写的远不止这些，但凡事总有个始终，觉得差不多时，停下来，这便是顺其自然吧。

写这样一些文字，是我慰藉自我的一种方式：我从来没有写过长一点的文章，这次能够一连写下十多万字，内心还是充满成就感的。想想自己十多岁时，居然立下个要当作家的理想，几十年过去，作家固然不敢妄称，但一直坚持写作，也算是由来有自，未改初衷吧。

2019 年 3 月 21 日于武汉 / 融公馆

故
乡
散
记